KB191448

베를린 육아 1년

베를린 육아 1년 (큰글씨책)

초판 1쇄 발행 2020년 5월 8일

지은이 남정미
펴낸이 강수걸
편집장 권경옥
펴낸곳 산지니
등록 2005년 2월 7일 제333-3370000251002005000001호
주소 부산시 해운대구 수영강변대로 140 BCC 613호
전화 051-504-7070 | 팩스 051-507-7543
홈페이지 www.sanzinibook.com
전자우편 sanzini@sanzinibook.com
블로그 sanzinibook.tistory.com

ISBN 978-89-6545-052-8 03810

* 책값은 뒤표지에 있습니다.
* 이 도서의 국립중앙도서관 출판예정도서목록(CIP)은 서지정보유통지원시스템 홈페이지(http://seoji.nl.go.kr)와 국가자료공동목록시스템(http://www.nl.go.kr/kolisnet)에서 이용하실 수 있습니다.(CIP제어번호: CIP2020016502)

일상의 스펙트럼 04

베를린 육아 1년

남정미

산지니

차례

베를린에 가게 된 이유

아이가 뱃속에 있을 때, 남편의 베를린행이 결정됐다. 국내 한 언론사에서 기자로 일하는 남편이 독일로 단기 특파원을 가게 된 것이다. 출국 날짜는 8개월 뒤, 아이가 태어나 6개월쯤 될 때로 정해졌다. 오랜 시간 국제부 기자를 했고, 아직도 유럽사를 가장 좋아하는 남편에겐 정말 축하할 만한 일이다.

내 앞에는 두 가지 선택지가 놓였다. 먼저 아이가 태어난 후 1년간 한국에서 남편 없이 아이를 키우는 것이다. 이 경우 남편 대신 친정의 도움을 받을 수 있다. 육아 초보자인 남편(과 나)보다는 나와 동생, 둘을 키운 친정엄마가 더 든든하게 느껴졌다. 그게 아니라면 육아휴직을 쓰고 갓난쟁이와 함께 남편을 따라가야 한다.

한국에서도 아이를 전혀 키워보지 않은 내가, 육아를 그것도 타국에서 잘 해낼 수 있을까. 기저귀는 어디서 사고, 예방접종은 어디서 해야 하는 걸까. 키가 60센티미터도 안 되는 작은 아이를 데리고 비행기는 잘 탈 수 있을까. 걱정이 꼬리를 물어, 몇 시간씩 무의미한 인터넷 검색을 할 때도 있었다. 여러 생각들을 하며 밤을 꼬박 새우기도 했다.

나도 이때 안 사실이지만, 서울에는 베를린으로 가는 직항편이 없다. 독일 프랑크푸르트와 뮌헨에만 한국을 오가는 직항편이 있다. 베를린으로 들어가려면 유럽의 한 도시를 경유해, 평균 15시간 정도의 비행여정을 거쳐야 한다. 걱정과 두려움이 몰려왔다.

거기에 더해 한 가지 걱정이 더 들었다. 나는 남편과 같은 신문사에서 기자로 일하고 있다. 영국의 유럽연합(EU) 탈퇴나, 도널드 트럼프 미 대통령 취임 후 국제 정세 같은 뉴스를 쓰는 게 당시 나의 일이었다.

과거에는 신문사에서 여기자가 육아휴직을 하는 경우는 드물었다고 한다. 최근에는 우리 회사에도 육아휴직을 하는 선후배들이 꽤 늘었다. 나 역시도 그럴 예정이었다.

임신 기간 몸이 좋지 않아 회사를 일찍 쉰 게 변수였다. 이 기간을 감안해 조금 빠르게 복직할 계획이었는데, 베를린에 간다면 이 계획이 흔들리는 것이다. 전체 휴직기간이 1년 반을 훌쩍 넘게 된다. 최근 활발해진 육아휴직 문화를 감안하더라도 이는 부담스러웠다. 그렇게 오래 쉬고 내가 회사에 다시 복귀할 수 있을지, 2년 가까이 연락이 안 되는 기자에게 어느 취재원이 정보를 줄지, 기사 쓰는 법을 까먹지는 않을지…. 별별 걱정이 다 들기 시작했다.

아이가 태어나고, 결정의 시간이 다가오는데 걱정은 잦아들지 않았다. 그러다 문득 자고 있는 아이를 보는데, 이런 생각이 들었다.

'어쩌면 우리는 지금이 아니면 서로에게 이렇게 많은 시간을 내줄 수 없을지 모른다.'

기자의 삶은 규칙적인 '시간'에 맞춰 사는 것보다, '사건'에 맞춰 사는 형태에 가깝다. 사건이 없으면 한가한 경우도 있지만, 대한민국이란 나라가 그렇지는 않다. 남들보다 조금 바쁜 부모를 둔 아이는 조부모와 지내는 시간이 더 많을지도 모른다. 또 당장은 멀어 보여도 머지않아 학교에, 학원에 다니느라, 아이가 우리보다 더 바빠질 날도 올 것이다. 그렇게 따져보니 인생에서 온전하게 우리 세 식구가 함께 있을 날이 얼마 안 될 것 같았다. 아이가 태어나고 나니, 세 식구가 함께 있을 수 있단 점을 상쇄할 만한 걱정은 존재하지 않았다.

베를린에서 남편은 정해진 시간에 맞춰 사무실로 출근할 필요는 없다. 한국 본사 업무 시간에 맞춰 장소 구애 없이 기사를 송고하면 된다. 시차가 안 맞아서 조금 고생이겠지만, 전반적인 업무량도 크게 줄게 된다. 아무래도 해외 뉴스의 경우 중요도가 국내 뉴스보다 떨어지기 때문이다. 한국에서는 매일 기사를 쓴다면, 베를린에서는 평균 일주일에 한 건 정도만 기사를 처리하면 된다.

회식이나 야근도 없다. 한국에서보다 가족들

과 쓸 수 있는 시간이 늘어난다는 뜻이다. 나 역시 휴직을 하고 가니, 대부분의 시간을 가족들과 보낼 수 있다. 남편의 여유로운 업무 시간과 나의 휴직이 어쩌면 우리 가족에게 한 번밖에 없는 기회가 될지도 모른다는 생각이 들었다.

그렇게, 우리 가족은 아이가 7개월 때 베를린으로 가는 비행기에 올랐다. 네덜란드 암스테르담을 거쳐 베를린으로 가는, 18시간에 달하는 비행이었다. 저녁 7시면 자던 아이는 밤 12시 비행기인데도 눈을 말똥말똥하게 뜨고 기분 좋게 공항 여기저기를 구경했다. 비행기에 타서는 이내 잠들어 12시간을 내리 숙면했다. 나 역시 그 옆에 대한민국 서울, 광화문에서의 치열한 신문기자의 삶을 잠시 내려놓았다. 이제부터 본격적인 베를린으로의 육아 출근인 것이다.

둘만 왔다면 어땠을까

처음 아이를 데리고 베를린에 간다고 하니, 양가 부모님 사이에선 “차라리 아이는 두고 너네만 가라.” 하는 말이 나왔다. “육아휴직 하는데 아이 없이 출국하는 건 불법입니다.”라고 말하면서도, 솔직하게는 아이 없이 ‘남편과 둘만 베를린에 간다면 어땠을까’ 상상해본 적이 있다.

30대 부부의 유럽에서 1년이라니…. 여유 있게 늦잠도 자고, 베를린 노이 쾰른에 위치한 인기 있는 식당에서 브런치도 먹고, 저녁 늦은 시간 베를린 필하모닉 공연도 관람했을 것이다. 무엇보다 물보다 싸고, 한국 맥주와 비교할 수 없게 맛있는 독일 맥주를 실컷 마셨을 것이다.

하지만 나는 알고 있다. 타고난 집순이와 집돌이인데다 내성적인 성격의 우리 부부가, 둘이서만 독일에 갔다면 전혀 다른 삶을 살고 돌아왔을 거란 사실을. 관광객 놀음으로 한두 달은 즐거웠겠지만, 결국 수박 겉핥기식 삶을 살고 돌아왔을지 모른다.

특히 한국 사람들처럼 인터넷을 잘 활용하는 사람들이라면 더욱 그렇다. 인터넷을 조금만 검색해도 온갖 정보가 쏟아지니, 굳이 현지인들과 어울리지 않아도 사는 데 크게 어려움이 없다.

사실 이건 내 얘기기도 하다. 대학 시절 미국에서 잠깐 공부할 기회가 있었는데, 한국 친구들끼리만 어울리고, 온라인으로 한국 콘텐츠만 다운받아 보니, 한국에 있을 때보다 한국 소식에 더 빠꼼이가 돼 있었다. 어느 날은 한국인 커뮤니티에서 소개받은 현지 식당에 갔는데 한 테이블 걸러 한국 사람들이 앉아 있었다.

아이가 있으니 얘기가 완전히 달랐다. 일단 놀이터를 매일 가야 한다. 비슷한 또래의 아이가 있단 이유만으로, 국적과 언어를 초월해 사람들과 그렇게 쉽게 친해질 수 있다는 것을 처음 알았다. 이 연령대의 아이들은 내 것, 네 것이 없다. 놀이터에서 우리 애가 옆에 앉은 애 장난감을 가지고 놀아서 머쓱해지는 찰나, 옆에 앉은 애가 돌아서서 우리 애 장난감을 가지고 논다. 수습하는 건 부모들이다. 이 수습은 부모를 친하게 한다.

독일에서 아이 키우는 법을 물어볼 사람은 다른 독일 부모들뿐이었다. 어느 장소에서든 아이 부모들을 만나면 기저귀는 뭐가 좋은지, 어떤 분유가 황금 똥을 누게 하는지, 주말엔 어디를 가야 아이가 잘 노는지를 적극적으로 물어봤다. 재밌는 것은 우리만 다른 부모들의 육아법이 궁금한 게 아니었나 보다. 어느 날 야외에 나가 한국에서 가져온 김에 밥을 싸서 아기에게 먹이는데 한 독일인 엄마가 조용히 다가와 물었다.

"그거(김) 되게 좋아 보이는데, 어디서 살 수 있어?"

독일 엄마들도 서로에게 묻고, 한국인 엄마에게도 묻고 그러는 것이다.

장 보러 갈 일도 훨씬 많고, 장 봐야 하는 품목도 많다. 브런치가 뭐람. 아기들은 세 끼를 다 먹어야 하고, 그것도 양질로 먹어야 한다. 제일 중요한 영양분이 고기인데, 독일은 우리나라와 즐겨 사용하는 고기 부위가 다르다. 특히 이유식용으로 쓰려면 고기를 국거리 모양으로 썰어 달라고 해야 하는데, 이게 정말 난관이다. 한국에선 장황하게 설명하지 않아도, "이유식용이요." 하면 알아서 미니 초콜릿만 한 크기로 썰어 주시는데, 독일에선 그렇게 달라고 하는 사람이 나밖에 없기 때문이다.

매번 나는 잘 안 되는 독일어로 '이렇게' 썰어 달라고 부탁하고, 정육점 아주머니는 '그걸' 어디에다 쓰냐고 물어보고, 그러다 결국 독일 정육점 아주머니에게 독일식 이유식 만드는 법까지 배우게 됐다.

30대 젊은 부부가 병원 갈 일이 뭐가 있겠나. 만 1세가 되기 전에 독일에 온 우리 아이는, 맞아야 하는 예방접종 일정이 줄을 이었다. 한 달에 한 번 꼴로는 소아과를 가야 했다. 더군다나 한국과 독일은 예방접종 횟수와 약 종류가 조금씩 다르다.

예를 들어 단체생활 등이 많은 한국에선 A형

간염 접종이 필수이지만, 독일은 아니다. 대신 독일은 수두 접종을 한국보다 한 번 더 맞는다. 우리 애는 한국과 독일 양쪽에서 살았다는 이유로 A형 간염도 맞으면서 수두는 독일식으로 2번 맞았다. 애가 주사 맞는 것을 싫어하지 않아 다행이었다.

한국어로 봐도 어려운 병균과 백신 이름을, 독일어로 공부해가며 의사선생님과 소통하는 건 내 몫이었다. 한국에 갈 일정과 시기 등을 상의해 어떤 주사를 맞을지 결정했다.(한국에 와서는 다시 이를 번역해 뭐를 맞았고, 뭐는 못 맞았는지를 설명하는 게 한동안의 일이었다.)

아이는 단순히 한 사람 분량의 삶을 더하는 게 아니었다. 아이는 어른 열 명이 모여도 못 볼 시각과 경험을 더해줬다. 우리를 더 많은 사람과 더 많은 얘기로 이어줬다. 식당에 가서는 "아기 의자가 어디 있나요?"라고 물어야 하고, 가게에 들어갈 때는 "유모차 세울 곳이 있나요?"라고 물어야 한다. 비행기를 타도 옆 사람과 한 번 이상은 아이 얘기를 나누게 된다. 아이가 있으면 말하고 싶지 않아도 훨씬 많은 말을 해야 한다.

아이 덕 볼 일도 많았다. 무뚝뚝한 독일 사람들도 아이 앞에서는 무장 해제된다. 대중교통을 타면 여기저기서 아이를 매개로 말을 걸어온다. 독일 관공서에선 대부분 공무원들이 독일어를 쓴다. 밖에서 얘기하면 영어로 얘기해도 다 알아들으면서, 관공서에서는 곧 죽어도 독일어만 쓴다. 관공서만 가면 압박감이 들고 주눅이 드는 이유다. 그 관공서 공무원도 아이랑 같이 가면, 서랍 한 편에서 슬그머니 장난감을 꺼내 탁자 위에 올려준다. 분명 독일어로 내가 지금 동문서답을 주고받고 있는 것 같은데, 알아서 찰떡같이 서류를 만들어 일 처리를 도와준다.

아이와 함께하니, 관광객처럼 도시를 떠도는 게 아니라 뿌리를 박고 매일이 살아졌다. 유명한 식당이나 관광지를 돌지 않고, 집 주변 공원을 산책하며 다람쥐와 토끼를 봤다. 놀이터에서 다른 아이 아빠와 장난감을 서로 빌려주고 다시 되돌려받으며 육아애(愛)를 피웠다. 자동차를 구입해 유럽 구시가지 좁은 골목길에 주차하는 미션을 매일 완수해야 했다.(대중교통이 잘 돼 있는 베를린에서 아이가 없었다면 차는 사지 않았을 것이다.) 그 속에서 놀랍게도 베를린은 자신의 진짜 매력을 우리에게 보여주곤 했다.

머무는 자리마다 정이 들었다. 집은 1년 머무르고 떠나는 공간이 아니었다. 우리 아이가 처음으로 걸음마를 한 곳이고, 처음으로 '아빠' '엄마'를 한 곳이다. 처음으로 혼자 밥을 먹은 장소고, 처음으로 엉덩이를 들썩여 춤을 춘 곳이다.

그 동네엔 아이가 처음으로 그네를 탄 놀이터, 처음으로 발장구를 친 수영장, 처음으로 판다를 본 동물원이 있다. 베를린 곳곳이 우리 아이의 처음이 묻어 있는 곳이 되었다.

그래도 그 좋다는 베를린 필하모닉 공연을 못 본 건 좀 두고두고 아쉽다.

가난하지만 섹시한 도시

한국 사람들에게 베를린은 어떤 도시로 느껴질까? 대부분 분단을 극복한 도시, 2차 세계대전의 아픔을 기억한 도시 등으로 기억할 것이다. 원리 원칙의 나라, 딱딱하고 엄격한 나라라는 생각을 할지도 모르겠다. 실제 유럽 일주를 하는 사람들 중에서도 베를린은 잘 끼워(?)주지 않는 경우가 많다. '재미없을 것 같다'는 느낌 때문이다. 나 역시도 베를린에 살기 전까진, 베를린에 한 번도 가본 적이 없다. 가보고 싶다는 생각도 없었다.

그러나 최근 유럽에서 단연 가장 몸값이 높은 도시를 꼽으라면 주저하지 않고 베를린을 꼽을 수 있다. 베를린 노이 쾰른 일대 인기 있는 브런치 식당, 동베를린역 근처의 대형 클럽, 크로이츠베르크를 뒤덮고 있는 그래피티는 '우리가 아는 독일이 맞나' 싶을 정도다. 한국 유명 연예인이 와서 집을 마련하고 갔다는 얘기가 종종 들리기도 했다.

그러나 오늘날 베를린의 이런 멋짐은 아이러니하게도 일정 부분 분단에 의한 것이기도 하다. 베를린 도심 한복판에 서 있는, 2차 세계대전 당시 폭격당한 외형을 그대로 가지고 있는 카이저 빌헬름 교회를 굳이 떠올리지 않더라도, 베를린의 발전 형태는 분단과 떨어뜨려 생각하기 힘들다.

독일이 서독과 동독으로 나눠질 당시, 수도였던 베를린도 이념에 따라 쪼개지게 된다. 통일 후 베를린은 다시 하나로 합쳐지게 됐고, 수도의 지위도 되찾았다. 그러나 지난 세월을 보상받을 수는 없었다. 그간 아무도 쪼개진 도시에 투자하거나, 기업을 세우지 않았던 것이다. 그 결과 베를린은 수도임에도 프랑크푸르트나 뮌헨 등 다른 서독지역 도시들에 비해 경제적으로는 훨씬 뒤처지고 말았다.

당장, 동독 치하의 동베를린 지역과 서독이 지배한 서베를린 지역의 빈부격차도 상당했다. 서베를린 지역이 훨씬 잘살았다. 통일 후 동베를린 사람들이, 일자리가 많고 개발이 잘 된, 서베를린 지역으로 몰려든 것은 당연했다. 동시에 동베를린이 텅 비게 된 것도.

그때 베를린 시가 내건 문구는 '가난하지만, 섹시한 베를린(Berlin ist arm, aber sexy)'이다. 다른 유럽 대도시에 비해 저렴한 임대료와 물가를 내세워 가난하지만 열정 넘치는 젊은 예술가들을 텅 빈 동베를린 지역으로 불러들인 것이다. 마치 과거 1970년대 미국 뉴욕시가 그랬던 것처럼 말이다.

작전은 성공했다. 베를린은 지리학적으로도 유럽의 중심에 있어 어디에서든 이동하기가 매우 좋다. 베를린에 거처를 두지 않더라도, 밤 열차를 타고 젊은 예술인들이 베를린으로 대거 모여들기 시작했다. 동베를린 지역이 되살아난 것은 물론이고, 베를린 전체에 활기가 돌게 됐다. 통일 후 베를린에 자유와 해방의 분위기가 스며든 것도 한몫했다. 이제 베를린은 젊은 예술가들의 성지이자 '유럽 내의 유럽'으로 통한다.

오히려 최근에는 이런 인기 때문에 과거의 장점이 조금씩 사라지고 있다는 목소리가 나온다. 베를린은 몇 년 전부터 세계 집값 상승률 순위 상위권에 꾸준히 이름을 올리고 있다. 지금의 뉴욕에서 과거 가난했던 시절을 찾아볼 수 없는 것처럼, 베를린 거리에도 점차 대형 자본이 들어오고 있다. 영세하지만 개성이 넘치는 가게들로 이뤄진 골목에 하나둘씩 대형 프랜차이즈 매장이 들어오고, 순수한 예술적 공간은 관광지로 바뀌는 식이다.

우리는 조금 덜 가난하지만, 아직까지는 여전히 섹시한 베를린에서의 삶을 시작하게 됐다.

신뢰라는 보증

베를린으로 가기 전, 가장 큰 걱정은 집을 구하는 일이었다. 최근 베를린에서 집 구하는 일은 난제 중의 난제로 여겨진다. 도시의 인기가 치솟으면서 주택 공급이 수요를 따라가지 못하는 데다, 독일 집주인들의 세입자 면접(?)이 깐깐하기로 유명하기 때문이다. 집세가 점점 비싸지고 있는 것도 한몫한다.

남편과 나만 간다면 당분간은 호텔에서 머물며 찬찬히 집을 구해도 괜찮을 텐데, 아이와 함께 가는 만큼 안정적인 주거지를 미리 구하는 게 급선무였다. 독일이 비행기로 두세 시간 거리에만 있었더라도, 잠깐 휴가 내고 미리 들어가 집 구하는 게 가능했을지도 모르겠다. 그러나 직장인 부부가 직항이 없는, 비행기로 15시간 떨어진 유럽 도시에 집을 구하러 사전에 간다는 건 거의 불가능에 가까웠다.

아쉬운 대로 구글 번역기를 돌려가며 독일 온라인 부동산 사이트에 게재된 집주인들에게 독일어로 메일을 보냈다. 한 달 넘게 답장 한 통이 없었다.(결국 몇 년이 지나도 답은 안 왔다.) 한국 교민 사이트에도 가끔 매물이 올라오긴 했지만, 워낙 건수가 자체가 드물다 보니 우리와 기간이 맞는 경우를 찾기가 어려웠다. 그마저도 대부분 유학생을 상대로 방 한 칸 내주는 형태가 많았다.

독일은 법적으로 세입자의 권리를 매우 잘 보장하는 나라다. 이 때문에 잘못 세입자를 들였다가 월세를 제때 안 내거나 퇴거를 제때 하지 않아도, 법이 세입자의 편을 드는 경우가 많다고 한다. 그러다 보니 집주인들이 세입자의 신분이 확실한지 월세를 낼 경제적인 능력이 되는지 등을 꼼꼼하게 따진다.

또 하나 중요하게 보는 것이 세입자의 집 관

리 능력이다. 독일 집들은 보통 한국 집들보다 관리하기가 어렵다고들 한다. 독일 집주인들이 소파 하나에 생긴 스크래치도 허용 안 할 만큼 꼼꼼하기도 하지만, 독일의 겨울은 해가 잘 들지 않고 긴 편이라, 환기를 제때 하지 않으면 곰팡이가 슬기 쉽다. 대부분 집 계약서에 하루에 몇 번 환기를 해달라는 조항을 따로 둘 정도다.

그런데 일부 독일인에게는 한국인 등 아시아 사람의 경우 환기를 제대로 하지 않는단 인식이 있다고 한다. 실제 곰팡이 때문에 집주인과 분쟁까지 가는 경우도 보았다.

또 아시아 사람들은 아이들을 밖에서 뛰어놀게 하지 않고 집 안에서 놀게 해, 층간소음을 유발한다는 얘기도 나온다고 한다.

그러다 보니 독일에 처음 들어오는 한국 교민들의 상당수가 두 번 이상씩 집을 옮긴다. 일단 조건이 잘 안 맞아도 울며 겨자 먹기로 첫 번째 집을 계약한 후, 독일에서의 상황이 어느 정도 익숙해지면 두 번째 집을 얻는 식이다.

독일 집주인들에게 한 통의 메일도 받지 못하

고 있을 때, 뜻밖의 메일이 한 통 왔다. 얼마 전 베를린 대학에서 연수를 했었던 회사 선배와 점심을 먹다가 이런저런 생활 팁들을 전수받던 중, 선배가 혹시 모르니 한번 연락해보라며 준 이메일 주소였다. 이미 선배가 연수를 다녀온 지가 몇 년 전인 데다가, 이메일 주소가 맞는지 확실치 않다고 해서 답이 오리라고는 거의 기대하지 않았다. 그런데 그 집주인에게서 연락이 온 것이다.

주인은 우리가 원하는 시기에 빈 집이 있다고 했다. 그뿐이 아니었다. 최소한의 가계약금으로, 무려 온라인으로 계약을 진행할 수 있게 도와주었다. 온라인으로 계약서를 받아보니, 아주 꼼꼼하고 정확하게 (독일어로) 잘 작성된 계약서였다. 계약이 사기라 하더라도, 가계약금이 중개 수수료라 생각할 정도의 소액이라 우리 입장에선 손해 볼 게 없었다.

베를린에 도착해보니, 계약은 사기가 아니었다. 오히려 독일을 가지 않고, 독일 집주인의 면접도 보지 않고, 한국에서 미리 집을 계약하고 독일로 들어갈 수 있는 엄청난 행운을 잡은 것이었다.

어린아이가 있는 우리로서는 금전적으로는 비교가 안 될 만큼 감사한 일이었다.

집의 상태나 주변 환경은 집주인이 글과 사진으로 설명했을 때보다 훨씬 좋았다. 과거 서베를린의 옛 주거지에 위치해, 조용하면서도 안전하다. 아이 키우기에도 안성맞춤이었다. 걸어서 5분 거리에 아이 놀이터 두 곳이 있고, 20분 거리엔 큰 공원이 있다. 매주 토요일에는 집 앞 공터에 큰 장이 섰다. 근교 농장에서 갓 따서 올라온 블루베리와 공방에서 만든 가죽 제품이 손님을 맞았다. 베를린 곳곳의 맛있는 베이커리들이 트럭을 몰고 와 빵을 팔았다.

집 안은 천장이 높고 나무로 된 마룻바닥이 멋스러워, 우디 앨런 영화 속에 나오는 집같이 느껴졌다. 천장이 높은 집은 답답함이 적고 층간소음 적다는 것을 그때 알았다. 집이 여러 채 있는 주인이 월세 목적으로 구비한 집이라, 웬만한 가구와 전자기기를 갖추고 있다는 점도 우리에겐 장점이었다. 별도의 국제 이사 없이 이민가방에 옷가지 정도만 챙겨도 될 정도였다.

운치 있는 테라스와 잘 가꾼 정원은 한국 아

파트에서는 느끼기 어려운 좋은 경험을 하게 해 주었다. 테라스에서 햇빛을 받으며 아침 커피를 마시고, 화분에 물을 주는 매일의 시간은 우리의 일상을 더욱 풍요롭게 만들었다.(그러나 화분 몇 개는 잘 보살피지 못해 죽음을 맞았다.)

무엇보다 베를린에서 손꼽히게 맛있는 아이스크림 가게와 소시지 집이, 5분 거리에 있었다.

우리는 한 번의 이동도 없이 베를린에 들어와 떠날 때까지 그 집에서 지냈다.

집 구하는 경험은 우리에게 '신뢰 사회'라는 개념을 어렴풋하게 알게 한 계기이기도 하다. 독일문화사나 유럽사 책을 보면 독일을 설명할 때 흔히 독일 사회를 '신뢰 사회'로 설명하곤 했다. 그때마다 도무지 그 개념이 와닿지 않았었다.

집을 구하며 이를 조금씩 알게 됐다. 세입자를 구할 때 '뭐 저런 것까지 따지나' 싶게 깐깐한 독일인이지만, 믿을 만한 사람의 소개를 거치면 단박에 집 문제가 해결된다. 백이나 보증과는 다르다. 백이 자격이 안 되는 사람을 가능하게 하는 것이고, 보증이 철저하게 계약을 기반으로 한 것이라면 신뢰는 백이나 보증과는 또 다른 지점에 있는 것 같다. 근거가 없는 것은 아니지만, 그렇다고 돈으로도 살 수 없는 것.

회사 선배는 베를린에 있을 동안 성실하게 월세를 내고, 깨끗하게 집을 썼을 것이다. 그러는 동안 우리 집주인의 마음에는 '이 사람들은 믿을 만하구나.' 하는 신뢰가 싹 텄을 것이다. 그 신뢰가 다른 문서나 서류, 인터뷰보다 우리를 더 확실하게 보증시켜 준 것이다.

독일을 떠날 무렵, 집주인이 우리에게 "후임으로 올 한국인이 없느냐"라고 물었다. 우리도 '한국인은 세를 주어도 믿을 만한 사람들'이란 신뢰감을 주는 데 한몫했다고 믿는다.

물론 계산은 매우 철저해서, 마지막 퇴거할 때 우리가 죽인 화분의 값, 내가 깨뜨렸던 접시 두 개의 금액을 정확하게 제하고 계약금을 돌려주었다.

열쇠와 우편물의 나라

독일에 가기 전, 독일살이 경험이 있는 주변사람들을 자주 만났다. 사람마다 경험하는 바가 달라 조언하는 것도 다 달랐는데, 그중 꼭 빠지지 않는 게 있었다. '열쇠 꾸러미를 절대 잃어버리지 말라'는 것이다. 처음 열쇠라는 단어를 듣고는 나도 모르게 잠깐 멈칫했다. 열쇠라니, 그것도 열쇠 꾸러미라니?

열쇠를 마지막으로 사용했던 경험이 언제였더라. 초등학교 때, 열쇠 가지고 나가라는 엄마의 말을 안 들었다가 장 보러 간 엄마와 엇갈려 종종 문 앞에서 한참 기다린 일이 있었다. 그 무렵 열쇠가 달린 비밀 다이어리를 친구들이랑 돌려쓰기도 했었다.

그 후로는 자동차 열쇠 정도를 제외하고는 열쇠 없이 살아온 지가 최소 10년은 지난 것 같다. 자동차 열쇠만 해도 열쇠 구멍을 맞춰 문을 여는 식은 아니니, 진정한 의미의 열쇠를 쓴 지는 정말 이지 오래되었다. 그런데 우리보다 잘사는 나라에서 새삼 열쇠라니.

경험자들이 해준 열쇠 얘기는 하굣길에 한참 엄마를 기다린 기억보다 더 현실적이고도 무서(?)웠다. 독일은 아직 대부분의 가정이 열쇠를 쓴다고 한다. 그런데 자기 집 현관문만 열쇠로 따는 방식이 아니란다. 공동 현관문, 각 세대 현관문, 분리수거장, 우편함 등 모든 문을 다 열쇠로 따고 들어가야 한다. 그래서 보통 두툼한 열쇠 꾸러미를 들고 다니기 마련이다.

그런데 이 열쇠를 한번 잃어버리면, 보안에 위험이 생겼다고 생각해서 공동현관, 분리수거장, 우편함 등 공용으로 사용하는 문을 쓰는 모든 세대의 열쇠를 다 바꿔줘야 한단다. 열쇠 한번 잃어버렸다가 적게는 수십만 원에서 수백만 원이 들게 생긴 것이다. 이 때문에 독일에서는 열쇠 보험이 따로 있다. 이 보험은 열쇠 교체 비용뿐 아니라, 수리공 인건비 등 열쇠와 관련된 모든 문제를 보장한다.

아이를 혼자 놔두고 잠깐 쓰레기 버리러 나갔는데, 열쇠를 두고 나와 문이 닫혀 몇 시간 만에 열었다는 이야기는 아예 공포 이야기처럼 들렸다. 주말이나 늦은 시간에는 열쇠 수리공이 일을 안 하는 경우가 많고, 평일 낮이라고 해도 열쇠 수리공이 한국처럼 빨리 와서 문을 따주지도 않는다는 것이다.

독일은 도대체 열쇠를 왜 아직까지 쓰는 것일까. 국내총생산(GDP) 순위가 세계 4위에 달하는 경제 대국이 디지털 도어록 기술이 없어서 그런 건 아닐 것 같다. 오히려 부족한 것은 디지털 기술에 대한 '신뢰'가 아닌가 싶다.

독일에선 새로 나온 디지털 기술보다 열쇠처럼 인간 사회에서 오래 검증된 방식을 고수하는 경우가 꽤 있다. 또 다른 예가 우편물이다.

독일 사회에서는 아직도 대부분 중요한 사항을 우편으로 보낸다. 이메일로 카드 내역서는 물론 기밀사항까지 받아 보는 한국사회와는 좀 이질적인 풍경이다. 그마저도 얼마나 신중에 신중을 기하는지, 처음 은행에서 계좌를 만들 때 계좌와 관련된 정보를 2주간 다섯 차례에 나눠 우편물로 보낸다. 우편함 자체를 누가 들고 갈 수 있기 때문에 중요한 정보를 한 번에 다 보내지 않고, 조금씩 따로 보낸다는 것이다. 우편함도 개별 열쇠로 열어야 볼 수 있는데도 말이다. 또 아직까지 문패를 사용한다. 나무에 한 글자씩 새긴 거창한 형태는 아니지만, '몇 호' 대신 김과 남(KIM&NAM)이라는 이름을 건물 앞에 붙여 놓는 식이다. 우편함에도 호수 대신 이름이 있다. 개인적으로는 내 이름이 적힌 집이 있는 게(비록 세 들어 사는 집이지만) 더 애착이 가 참 기분이 좋았다.

또 여전히 카드보다는 현금을 선호하고, 온라인 쇼핑보다 오프라인 쇼핑을 우선한다. 가끔 독일 경제지에는 독일 택배 이용률이 올라가고 있다는 게 중요 뉴스로 다뤄지기도 한다. 올라가고 있다는 이용률도 30퍼센트가 채 안 되지만….

독일 사람들은 여전히 직접 눈으로 보고 사는 것을 신뢰하고, 기계보다는 사람이 직접 손으로 하는 것을 더 믿는다. 조금 답답하다 싶을 정도로 원칙주의자이며, 꼼꼼한 독일 사람들답다는 생각도 든다.

다행히 베를린에서 생활하면서 열쇠는 한 번도 잃어버리지 않았다.

독일에선 택배가 제일 싫다

독일에서 제일 싫었던 점을 꼽으라면 주저 않고 '택배'라고 말할 수 있다.

한국에선 대부분의 쇼핑을 온라인으로 했었다. 가격이 저렴하고, 시간에 구애받지 않고 쇼핑할 수 있다는 점이 큰 장점으로 여겨졌다. 맞벌이 부부라 집에 사람이 없을 때가 많았는데, 경비실에서 택배를 맡아주거나 택배기사가 택배를 문 앞에 놓고 가는 경우가 많았다.

독일에서도 온라인 쇼핑몰이 있다. 가격 차이는 둘째 치더라도, 아직 독일어가 서툴 때는 온라인에서 사진을 보고 필요한 물건을 찾아서 주문

하는 게 더 간편했다. 특히 한국 식료품 같은 경우, 베를린 상점에서 구하기 어려운 제품을 온라인에선 만날 수 있었다. 한인들이 많이 사는 프랑크푸르트의 몇몇 한국 마트가 온라인 상점을 운영했는데, 온라인으로 물건을 주문하면 택배를 통해 베를린까지 배송을 해주었다. 이를 통해 웬만한 한국 식재료는 다 구할 수 있었다.

그런데 의외의 복병이 있었다. 바로 택배다. 독일 사람들은 온라인 쇼핑을 많이 이용하지 않는다. 그러다 보니, 당연히 택배 시스템도 한국처럼 정교하게 발달하지 못했다. 몇 시에 배달 예정인지, 담당 택배기사가 누구인지 등을 알기가 어렵다. 그저 하염없이 오늘 택배가 오나, 내일 택배가 오나 기다려야 한다.

택배 요금을 두 배가량 비싸게 주면, 겨우 두세 시간 오차 범위에서 택배가 언제 오는지 정도가 실시간으로 뜨는 서비스가 제공된다. 그럼에도 여전히 한국 같은 당일배송이나 새벽배송은 꿈도 못 꾼다.

무엇보다 독일 택배는 절대 '문 앞에 두고 갑니다'가 없다. 본인에게 전달하는 것이 제1원칙이고, 택배 기사가 물품을 들고 왔는데 집에 없을 경우, 아랫집이나 옆집 등 직접 사람에게 맡기는 게 제2원칙이다. 아랫집이나 옆집 등에도 사람이 없을 경우, 각 택배사의 거점 사무소로 택배가 간다.

그냥 문 앞에 놔둬도 나는 정말 괜찮은데 말이다!

하루 종일 택배를 기다리다 잠깐 마트 갔는데, 간발의 차로 택배가 도착하면 정말 하루 종일 원통한 마음이 든다. 20분 떨어진 보관소까지 가, 우체국 5호 박스만 한 크기의 상자를 끙끙거리며 집까지 들고 올 때는 욕도 했던 것 같다.

이는 독일의 주거 형태에서 기인한 해프닝이기도 하다. 독일은 대부분 주거 형태가 개별 주택 형태이다 보니, 우리식 빌라 혹은 아파트처럼 무인 택배함이나 경비실이 따로 없는 경우가 많다.

그렇게 몇 개월을 독일에서 지내다 보니 어느새 나도 모르게 온라인 쇼핑을 끊게 되었다. 조금 비싸도 필요할 때마다 눈으로 보면서 물건을 사는 방식으로 소비 습관이 바뀌었고, 자연스럽게 절약도 하게 되었다.

모든 곳이 숲세권인 베를린

최근 한국 부동산 시장에서 유행하는 용어 중엔 '숲세권'이란 말이 있다. 자신의 집 근처에 숲이 있어, 숲이 주는 이점을 누릴 수 있단 뜻이다. 그런데 베를린 사람들은 이 '숲세권'이란 말에 동의를 못 할 것 같다. 베를린은 어느 지역에 살든 대부분 도보 가능한 곳에 숲이 있어, 숲이 딱히 프리미엄이 되지 못하기 때문이다. 한국에서 편의점 있는 동네라고 딱히 프리미엄이 있는 게 아닌 것처럼 말이다.

사실 한국에서 아이를 낳기 전엔 숲세권의 중요성이 크게 와닿지 않았다. 운동이 필요할 땐 아파트 단지 내 피트니스 센터만 가도 충분했고, 지하철이 가까운 곳, 주변의 상권이 훨씬 중요했다.

그런데 아이를 낳고 나니 숲세권이 얼마나 중요한지 느낀다. 아이가 흙을 밟고 모래를 만지며 자연을 느끼는 시간, 차 걱정 없이 마음껏 뛰어다니며 자전거를 탈 수 있는 공간이 얼마나 소중한지 말이다.

베를린은 분단을 그대로 감내해낸 도시다. 4개국이 분할 통치를 했고, 서베를린과 동베를린으로 오랫동안 나뉘어 있었다. 그 기간 동안엔 어느 기업의 본사도, 공장도, 장벽으로 나뉜 곳에 투자하지 않았다. 그랬던 베를린이 통일이 되고, 그 상징성으로 수도가 됐다. 개발이 안 됐단 점에서 투박하게 말하자면, 통일 후 우리 비무장지대(DMZ)가 갑자기 수도가 된 것이다.

역설적이게도 이런 비극을 통해 베를린 시민에게 내려진 축복이 '자연'이다. 큰 공장이나 대기업 본사들로 채워진 높은 스카이라인 대신 베를린 시민들은 개발되지 않은 자연을 선물 받았다. 베를린의 공기를 뜻하는 '베를리너 루프트(berliner luft)'는 깨끗하고 맑은 공기의 대명사처럼 쓰인다.

외신들은 베를린이 '메트로폴리탄의 한복판에서 자연을 경험하며 아이를 키울 수 있는 아주 드문 곳'이라고 전한다. 대도시의 장점을 누리면서도, 자연이 그대로 살아 있는 곳이란 것이다.

영국 파이낸셜타임스(FT)의 보도를 옮기자면 이러하다.

'베를린 시민들은 다른 부유한 메트로폴리탄 시민들보다 훨씬 스트레스가 적은 삶을 누린다. 베를린의 아이들은 역사 유적지의 한복판에서 자유롭게 뛰어다니고 있다.'

맞는 말이다. 사실 자연과 놀이공간은 분리하기가 어렵다. 2018년 기준 베를린에는 1,850개의 공공 놀이터가 있다. 자연은 대부분 아이들의 놀이터를 함께 품고 있다.

역사 유적지에도 자연이 그대로 남아 있다. 베를린의 허브와도 같은 '마우어 파크'가 대표적이다. 베를린 시민들이 가장 사랑하는 공원 중 하나인 마우어 파크는 예전엔 동서를 가르던 베를린 장벽이었다. 독일어로 마우어는 장벽을 뜻한다. 과거엔 사람들을 나누던 곳이, 이제 큰 공원으로 탈바꿈해 사람을 하나로 모으는 공간이 된 것이다.

그래서 아이를 데리고 베를린 그 어느 곳을 가더라도 두려움이 없었다. 어느 곳에든 도보권에 아이가 놀 수 있는 놀이터, 자연이 있을 거란 확신이 있었다.

실제 베를린 사람들은 자연 속에서 아이 키우는 것을 매우 중요하게 여긴다. 아무리 좋은 차가 있어도 아이를 부모가 차로 학교에 태워주는 것보다, 아이가 자전거를 타고 스스로 학교에 가는 게 중요하다고 본다. 그 과정에서 자연을 느낄 수 있기 때문이다.

깨끗하게 옷을 입는 것도 좋지만, 옷이 더러워지더라도 잔디밭에서 뒹굴고 모래를 만지며 노는 경험을 중시한다. 흙바닥을 기어 다녀도, 겨울에 눈을 먹어도 부모들이 크게 제지하지 않는 게 이런 이유다. 집 근처 공원에 가족이 나와 같이 축구를 하고, 주말이면 돗자리를 펼쳐놓고 다 같이 피크닉을 즐기는 모습도 심심찮게 볼 수 있다.

베를린에서 우리 가족도 매일 오전 집 근처 공원에 가는 것으로 하루를 시작했다. 유모차를 밀고 집에서 걸어서 15분 정도면 공원에 도착한다.

남편은 공원 내 트랙을 4~5바퀴씩 돌며 조깅을 했다. 아이는 그 옆 놀이터에서 흙을 밟고, 잔디를 뛰었다. 강아지와 토끼를 만나고, 개미를 만졌다. 그렇게 놀다가 조깅하는 아빠가 한 바퀴 돌고 다시 자신 쪽으로 다가오면, 아이는 "아빠"를 부르며 아장아장 뛰어갔다. 그 모습이 참 좋았다.

주말 장터가 서는 일요일이면 아이와 함께 마우어 파크에 가서 직접 짜주는 오렌지주스와 군밤을 사 먹었다. 사람들이 장벽에 그래피티 하는 모습을 보고, 즉석에서 부르는 노래를 들었다. 베를린 중심부에 위치한 티어가르텐에서 다 같이 달리기를 할 때도 있었다. 식탁보를 돗자리처럼 펼쳐놓고 그 위에 함께 누워 오래도록 햇빛을 쬐기도 했다. 베를린의 자연은 그렇게 나와 아이를, 우리 가족을 베를리너로 조금씩 키워냈다.

감기에 걸렸나요?
신선한 공기를 마시세요!

독일에서 아이가 태어나 첫 감기에 걸렸다. 베를린은 예고 없이 비가 자주 온다. 맑은 하늘을 보고 외출했더라도 갑자기 비가 쏟아지는 경우가 많다. 평균 기온이 10도를 밑도는 11월의 어느 날, 이 날씨에 깜박 속았다. 우산 없이 아이와 집에서 조금 떨어진 아시아 마트를 다녀오다가 비를 만났는데, 꼼짝없이 아이 감기로 이어졌다. 처음엔 기침만 하더니, 어느새 콧물이 줄줄 흘렀다.

아이를 데리고 동네 소아과에 갔더니 감기라고 했다. 코 점막과 목이 많이 부었단다. 콧물 약과 기침약을 처방해줄 거라는 우리 생각과 달리,

독일 의사 선생님은 처음 듣는 처방을 내렸다.

"신선한 공기를 많이 마시게 하세요!"

콧물이 줄줄 흐르고 쉴 새 없이 기침을 하는 아이를 두고, 열이 나지 않으면 밖에 데리고 나가 뛰어놀게 하라는 것이다. 콧물을 빼주는 일도, 훈증기 치료도 없다. 항생제 처방도 없다. 대신 아기용 식염수를 주면서 '자기 전에 숨쉬기 편하게 두 방울씩 떨어뜨려 주라'고 했고, 담쟁이넝쿨 추출물로 만들었다는 생약 시럽을 처방하면서 '기침을 많이 할 때 한 번 먹이라'고 했다. 의사는 물어보기도 전에 "화학 성분이 아닌 생약 성분으로 만들어진 약"이라고 먼저 말해주었다. 해열제는 39도를 넘었을 때 아이 컨디션이 나쁘면 먹이라고 했다. 집 안 환기도 꼭 해주라고 했다. 11월이면 이미 초겨울에 접어들어 기온이 영상 3~4도 정도로 쌀쌀한 때인데도 그랬다.

아이가 조금 더 컸더라면, 아마 한국에서 가져온 종합감기약을 먹였을 것이다. 그러나 그때까지 아이는 한 번도 아픈 적이 없었고, 약을 먹어본 적도 없었다. 무턱대고 아무 약이나 먹일 수 없었다. 반신반의하면서도 의사의 처방을 그대로 따를 수

밖에. 콧물이 흘러도 열은 없으니, 쌀쌀한 날씨지만 아이를 놀이터에 데리고 나가 놀게 했다. 의외로 아이는 콧물이 나도 신나게 잘 놀았다. 신기한 것은 집에서 줄줄 나오던 콧물이 밖에 나가면 흐르지 않았다. 집 안에 있으면서 갇힌 공기 속에 지내는 것보다, 정말로 야외에서 신선하고 좋은 공기를 마시니 도움이 됐던 것이다. 우리의 우려와 달리 열이 더 오른다거나 감기가 더 심해지는 일도 없었다. 아이는 정말 항생제 한 번 쓰지 않고 3일 만에 감기를 이겨냈다. 놀고 싶은 거 다 놀면서 말이다.

한번은 아이와 동네 산책을 하고 있는데, 아이가 갑자기 자지러질 듯 울었다. 무슨 일인가 보니, 아이 입에 침이 박혀 있고 입술이 소시지처럼 퉁퉁 부어 있었다. 이게 독일에서 유명한 진드기 '체케(Zecke)'인가 싶어, 20분 거리 병원을 향해 울면서 유모차를 밀고 뛰어갔다. 눈물범벅의 내 얼굴과 퉁퉁 부은 아이 입술을 번갈아 보던 의사는 침착한 얼굴로 "벌에 쏘였다"라고 했다. 그러고 보니 우리 동네 도로 이름이 '아카시아 길'이었다. 아카시아 나무가 많아 생긴 이름인데, 벌도 않았던 것이다. 의사는 아이가 토하거나 기절 증세가 없는 걸로 봐서 독이 없는 벌 같다고 했다. 벌침을 제거한 뒤 집으로 돌아가라고 했다. 침을 제거했어도 입술은 여전히 소시지보다 더 부어 있는 상태였다. "연고나 다른 약 처방은 없느냐"라고 했더니 "얼음찜질만 하면 된다"라고 했다. 벌에 쏘인 입술은 몇 시간 지나지 않아 고스란히 가라앉았다.

독일은 '과잉 처방'이 없는 나라다. 감기에 걸려 약국에 약을 사러 가면, 콧물이 나는지 목이 아픈지를 묻는다. 기침을 한다면 '컹컹' 기침인지, '콜록' 기침인지를 다시 묻는다. 이에 맞게 약을 준다. '종합감기약'이란 게 없다. 특히 어린아이일수록 병을 이기는 힘을 길러주는 게 중요하다고 믿는다. 항생제나 스테로이드 처방은 최대한 자제하고, 의사선생님이 우리 아이에게 처방해주셨던 것처럼 생약 성분의 약을 처방하는 경우가 많다. 그러다 보니 자연스럽게 건강식품도 발달했다. 독일 약국에 가면, 감기에 먹으면 좋은 차, 사탕 등이 다양하게 구비돼 있다. 평소 면역력을 강화시켜주거나, 자신 몸의 약한 부분을 보완할 수 있게 돕는 제품도 많다.

독일 부모들도 웬만한 일로는 병원을 가지 않는다. '독일 부모는 아이가 열이 나면 욕조에 얼음물을 받아 아이를 담근다더라' 하는 식의 얘기가 나온 이유가 아마 여기에 있지 않나 싶다.(열이 나면 아이를 시원하게 하는 경우는 많지만, 얼음물에 담그는 경우는 보지 못했다.) 그러나 이를 '안아키(약 안 쓰고 아이 키우기)'로 해석해서는 안 된다. 과잉하지 않는 것이지 안 쓰는 것이 아니기 때문이다. 독일도 꼭 필요할 때는 약을 쓴다. 부모가 수두나 수막구균 백신처럼 꼭 필요한 백신 주사를 거르면 법적 처벌도 받을 수 있다.

독일처럼 하는 게 마냥 정답은 아닐지 모른다. 실제 독일에 거주하는 한국 부모들 중에는 "한국의 의료시스템이 훨씬 좋다"고 말하는 경우도 많다. 웬만하면 약 처방을 잘 해주지 않으려 하다 보니, 가끔은 우리 기준에서 꼭 필요한 약 처방이 늦어지기도 한다. '약을 조금 더 빨리 처방했으면, 훨씬 덜 힘들었을 텐데' 하는 순간이 오는 것이다. 처음 독일에 갔을 때, 남편의 오른쪽 팔에 통증을 수반한 몸에 알 수 없는 두드러기가 올라왔다. 병원에 가니 항생제를 주지 않고, '하루만 더 지켜보자'고 했다. 밤새 열이 39도에 육박하고, 통증 때문에 팔을 들 수 없는 지경이 됐다. 다음 날 가니 그제야 항생제를 처방해줬다. '하루 먼저 항생제를 줬더라면 밤새 그 고생을 안 했을 텐데' 싶은 생각이 절로 들었다.

한국에서 독일처럼 하기엔 기후나 인구 밀도 등에서도 여러 차이가 있다. 미세먼지로 인해 외출이 자유롭지 못한 한국에서 '신선한 공기를 마시라'는 처방은 거의 불가능한 일이다. 서울은 베를린보다 인구 밀집도가 월등하게 높아 각종 전염병의 감염이 더 쉽기도 하다.

그럼에도 한국으로 돌아와 소아과에서 항생제와 기침약, 콧물 약을 받아 들고 나올 때면 매번 망설여진다. 혹시라도 내가 지금 아이에게 병과 싸워 이길 수 있는 기회를 주지 못하고 있는 것 아닐까 하고 말이다.

베를린에서 툭하면 들리는 말

우리 아이는 베를린에서 한국으로 오기 전, 19개월까지 디럭스 유모차를 탔다. 디럭스 유모차란 뒷바퀴 두 개가 웬만한 아이들 자전거 바퀴만 한 상당히 덩치 있는 유모차를 말한다. 부피가 크고 무겁지만 그만큼 안정성이 있어 아이들이 타기에 안전하다는 평가를 받는다.

이 얘기를 한국에 있는 엄마들에게 하면 "아직도?" "불편하지 않아?" 하는 반응들을 보였다. 한국에선 돌이 지나면 대부분 부피가 작고 가벼운 휴대용 유모차로 바꾸기 때문이다.

그러나 독일에선 사실 19개월보다 더 큰 아이

들도 디럭스 유모차를 탄다.

이유가 있다. 일단 유럽은 한국보다 길이 나쁘다. 유럽은 대도시라도 아직 돌길이 많다. 바퀴가 작은 소형 휴대용 유모차를 태웠다간 돌 사이에 바퀴가 끼어 유모차가 옴짝달싹 못하게 된다. 그래서 대부분 디럭스를 쓰는 경우가 많다. 두 번째는 한국에서는 듣기 힘든 이 질문 때문이 아닐까 싶다.

"유모차 들어 드릴까요?"

유모차를 밀면서 문을 열고 들어가야 할 때, 턱이 있는 장소에 들어갈 때, 계단을 내려가야 할 때, 아무튼 '유모차 밀면서 좀 하기 어렵겠는데' 싶은 순간 거의 90퍼센트 확률로 이 질문이 날아온다.

건장한 남성들만 묻는 게 아니다. 30대 또래 엄마들, 가녀린 20대 아가씨들, 혈기 왕성한 10대 남학생들, 60대 할아버지까지 가리지 않고 묻는다. 사실은 말도 잘 안 한다. 어느 순간 누군가 옆에서 나타나 유모차를 함께 들고 있다.

사실 베를린은 대부분 유럽 건물이 그렇듯 옛 건물을 증·개축해서 건물을 쓰는 경우가 많다.

높은 턱은 물론이거니와, 엘리베이터가 없는 경우도 종종 있다. 지하철 탈 때도 계단을 이용해야 하는 경우가 많다. 한국보다 유모차를 끌고 다니는 데 월등하게 나은 환경이 아니다. 특히 돌길은 정말 고난이도다.

그럼에도 내가 우리 아이를 유모차에 태우고 베를린 시내를 열심히 활보했던 건, 유모차를 밀고 나가면 한 번은 듣게 되는 저 질문, "유모차 들어 드릴까요?" 때문이었다.

버스나 지하철 같은 대중교통을 타는 것도 두렵지 않다. 독일 지하철 내에는 유모차를 실을 수 있는 공간이 있다. 사실 그리 거창한 공간은 아니다. 우리나라가 지하철 노약자석 맞은편에 자전거나 유모차 등을 휴대할 수 있게 자리를 비워놨듯, 독일도 그렇게 해놓았을 뿐이다.

거창한 건 이를 대하는 독일 시민들 자세다. 가끔은 지하철 한 칸에 유모차만 두 대씩 타는 경우도 있다. 그것도 대부분 우리 아이가 타는 디럭스 유모차들이 말이다. 비좁고 불편할 것이다. 그래도 "애 데리고 대중교통은 왜 타느냐"고 눈치 주는 사람이 드물다. 대신 유모차가 앞에서

꾸물거리면, 얼른 자신이 유모차를 들어 함께 실어준다.

엘리베이터에서도 마찬가지다. 자신이 더 먼저 줄을 섰더라도 유모차가 못 탈 것 같으면 먼저 탈 수 있게 양보해준다. 식당이나 건물 안에 들어갈 때, 유모차가 다 지나갈 때까지 문을 잡고 서 있어주는 건, 이곳에선 상식 같은 이야기다.

살다 보니 독일 사람들이 대단히 친절해서 그런 건 아닌 것 같다. 독일 사람들은 처음 만나면 '화났나'라는 생각이 먼저 들 정도로 무뚝뚝하고 원리 원칙주의자들이다. 평소 말도 많이 하지 않는다.

다만 그들에게는 유모차를 배려하는 것이 자연스럽고 당연한 일이라서 그렇게 한다. 음식을 먹을 때 포크와 나이프를 들고 먹는 것처럼 말이다. 유모차 들고 왔다고 식당 출입을 막고, 대중교통을 타면 눈치를 주는 게 그들에겐 더 부자연스러운 일인 것이다. 아주 어릴 때부터 그렇게 보고 자랐으며, 그렇게 배려하고 배려받아 왔기 때문이다.

아이와 함께 베를린 어린이 박물관에 놀러 간

적이 있다. 어린이 박물관 옆에는 청소년 문화 복합시설도 함께 있어 초·중학생들도 많이 온다. 이날도 초등학교 고학년 정도 돼 보이는 한 무리의 아이들이 견학을 왔다. 한 아이가 우리보다 앞서 문을 열고 건물 안으로 들어갔다. 유모차를 밀면서 얼른 문 열린 틈새로 뒤따라 들어가려는 찰나 문이 닫혔다. 유모차를 세워놓고 문을 열려는데, 지나갔던 아이가 서둘러 우리에게 다시 뛰어왔다.

"들어오는 줄 모르고 문을 안 잡아주고 갔어요. 죄송해요."

아이는 문을 다시 열어 우리가 다 지나갈 때까지 문이 닫히지 않도록 잡고 서 있었다.

이 아이는 틀림없이 어렸을 때, 누군가에게 같은 배려를 받았을 것이다. 그런 배려를 받고 자란 아이들이 커서 다른 누군가의 문을 잡아 주게 된다.

독일 아이들이 노는 법

"수학, 영어는 다 따라잡아도 체육만은 도저히 독일 아이들을 못 따라잡겠어요."

하루는 한국에서 초등학생 시절을 보내고 독일로 이민 온 한인 여학생의 부모가 푸념을 했다. 처음엔 독일어가 서툴러 학교 적응을 힘들어했는데, 금세 수학 영어 같은 과목은 독일 아이들을 따라잡았다고 한다. 그런데 이 아이가 아무리 노력해도 체육수업은 도저히 또래를 쫓아갈 수가 없다는 것이다.

독일 놀이터에 가보면 그럴 만도 하겠다 싶은 생각이 든다. 나 역시 처음 독일 놀이터에 갔을 때

여자아이들은 체조선수요 남자아이들은 자전거 천재인 줄 알았기 때문이다. 초등학교 저학년쯤 되는 여학생들이 맨바닥에서 텀블링을 자유자재로 하고, 두 살 정도 돼 보이는 꼬마 아기가 두 발로 자전거를 타고 다니는 곳이 독일 놀이터다.

이 놀이 천재들을 길러낸 독일 놀이터는 한국 사람들에겐 다소 생소하게 생겼다. 높낮이가 다른 통나무가 여기저기 놓여 있거나, 얼기설기 엮은 그물이 바닥에 길게 붙어 있는 식이다.

놀이터라기보다 어느 시골마을의 공터 같은 느낌이다. 이마저도 놀이터마다 다르다. 어떤 놀이터는 나무 널빤지로 덩그러니 집만 지어 놓거나, 모래 위에 기다란 수로 하나 파 놓고 그 옆에 옛날식 펌프 하나만 놓인 경우도 있다. 바닥도 나무 조각, 잔디, 자갈 섞인 흙바닥, 고운 모래 등으로 다양하다.

공통점이라면 대부분 자연을 그대로 살렸다는 것이다. 중간에 큰 바위가 그대로 있고, 고목나무가 놀이터 주변에 듬성듬성 섰다.

이런 놀이터에서 아이들은 최대한 창의성을 발휘해 놀아야 한다. 그네나 시소처럼 보자마자 어떻게 놀아야 하는지 답이 나오는 놀이기구가 아니기 때문이다.

독일 아이들은 그래서 어느 하루도 같은 방식으로 노는 날이 없다. 어제는 펌프로 물을 길어서 모래를 뭉쳐 성을 쌓았다가, 내일은 둑을 만든다. 글피에는 둑을 해체해 긴 강을 만든다. 미끄럼틀에선 미끄럼만 타야 하지만, 모래 위에 놓여 있는 기다란 통나무 위에서 아이들은 원하는 모든 것을 할 수 있다.

독일 놀이터에서는 전자식 장난감도 보기 힘들다. 특히 한국 남자 아기들이 많이 타고 노는 전동 자동차는 베를린에 있을 당시 한 대도 보지 못했다. 대신 독일 아이들은 페달 없이 자신의 두 발을 굴려 앞으로 나가는 '밸런스 바이크(balance bike)'를 대부분 탄다.

만 두 살이 되면 본격적으로 이 밸런스 바이크를 탈 수 있는데, 안전모를 착용하고 밸런스 바이크를 타는 아이들의 모습이 어찌나 귀엽고 대견스러운지 모른다. 밸런스 바이크뿐 아니라 대부분의 놀이가 아이들이 직접 힘을 들여 할 수 있는 데 초점이 맞춰져 있다. 암벽등반을 하듯 통나무로 지은 집을 기어오르고, 다리를 크게 벌려 바위 사이를 뛰어다니고, 평균대를 하듯이 외줄 위를 아슬아슬하게 걸어 나간다.

독일에서 사랑받는 또 하나의 놀이는 모래놀이다. 지금 한국은 모래 놀이터가 대부분 사라졌지만, 독일은 아직까지 대부분 놀이터가 흙이나 모래로 돼 있다. 삽, 찍기 틀, 양동이 등으로 구성된 모래놀이 세트는 아이 있는 독일 가정에선 필수품이다.

모래놀이의 장점은 셀 수 없이 많지만, 그중에서도 가장 좋은 점은 사회성을 높여준다는 것이다. 모래놀이를 하다 보면 자연스럽게 주변 아이들과 함께하게 된다. 모래 자체가 함께 쓰는 공공재인 데다, 아직 소유에 대한 개념이 약한 아이들은 다른 아이들의 모래놀이 도구를 가져다 쓰는 경우도 많다.

그때마다 독일 부모들은 자연스레 아이들이 함께 도구를 사용하고 놀 수 있게 해주었다. 우리 부부도 그 모습을 따라 우리의 도구를 내주고 다른 아이에게도 곁을 내주었다. 아이뿐 아니라 모래놀이 초보이자, 독일살이 초보인 우리 부부 역시 모래놀이를 하면서 자연스레 독일 부모들과 가까워질 수 있었다.

독일 아이들이 자유롭게 놀 수 있는 또 하나의 배경에는 부모가 있다. 독일 부모는 아이들이 놀 때 최대한 개입하지 않는다. 어느 정도냐 하면 돌이 안 된 아이가 모래 위를 기어 다니며 흙을 주워 먹어도, 겨울에 내린 눈을 집어 먹어도 크게 제지하지 않는다. 놀다가 흙모래가 뽀얗게 묻은 아이가 그 손으로 간식을 먹거나, 물놀이를 하다 아이가 옷을 다 버리는 정도는 예삿일이다.

물론 한국보다 베를린이 더 공기가 맑고, 더 환경 친화적인 도시라서 가능한 것일 수도 있다. 그러나 아무리 환경친화적인 곳이어도 흙을 먹고 눈을 먹는 아이를 내버려 둘 수 있는 한국 부모들이 얼마나 될까. 나 역시도 (노력했지만) 이렇게는 하지 못했다.

그런 독일 부모가 철저하게 개입하는 순간이 있다. 자신의 아이가 다른 아이에게 피해를 입혔을 때다. 아이가 혼자 그네를 오래 탈 때, 다른 아이의 장난감을 빼앗을 때, 보이지 않던 부모가 재빨리 나타나 상황을 중재한다.

놀이터 수 자체도 많다. 우리처럼 아파트 단지에만 놀이터가 있는 게 아니라, 공원 개념처럼 도심 곳곳에 놀이터가 있다. 우리가 살던 곳에서는 도보 10분 거리에 미니 놀이터 한 곳, 공원 놀이터 한 곳, 유아들이 놀기 좋은 모래 놀이터 한 곳, 이렇게 총 세 곳의 놀이터가 있었다.

웬만한 동네에는 다 놀이터가 있기 때문에 외출을 할 때도 크게 염려할 게 없다. 부모가 볼일을 본 뒤, 근처 놀이터를 검색해 아이의 놀이 욕구를 해소시켜 줄 수 있기 때문이다. 동물원이나 큰 공원 등에도 대부분 놀이터가 갖춰져 있다. 베를린 동물원 내에 있는 놀이터는 특히 창의적인 시설이 많아 동물 보러 가는 게 아니라 놀이터에 가기 위해 정기권을 끊는다는 부모도 있을 정도였다.

어릴 때 잘 논 아이들은 커서도 잘 논다. 아무리 궂은 날씨에도 너끈하게 자전거를 타고 출퇴근을 하는 아빠가 되고, 아이를 한 손으로 안고 다른 한 손으로는 유모차를 여유롭게 미는 엄마가 된다.

동계 올림픽을 보면 독일 국가대표의 경우 원래 직업은 수학교사이거나 치과의사인 경우가 많다. 본업은 따로 있으면서 취미로 한 스포츠로 국가대표도 되고, 메달리스트까지 되는 것이다. 독일인들의 기초 체력과 스포츠에 대한 애정이 어느 정도인지 가늠할 수 있다.

IMF에 따르면 2018년 기준 독일 국내총생산(GDP)은 3조 6,774억으로 전 세계 4위다. 같은 해 7월 독일 실업률은 3.4퍼센트로 통일 이후 최저를 기록했다. 3.4퍼센트는 사실상 취업하고자 하는 사람들은 대부분 취업이 가능한 '완전고용' 상태를 의미한다.

잘 노는 독일 아이들이 잘 사는 독일을 만들었다고 나는 믿는다. 체력은 국력이다.

노는 데 최선을 다할 수 있는 옷

처음 베를린 놀이터에 갔을 때 내가 하던 일이 있었다. 아이들의 옷을 유심히 보는 것이다. 아직 기자일 하던 습성이 남아 있을 때라 나 혼자 가설을 세우고 취재에 들어갔다.

몇 해 전부터 한국에선 스웨덴 등 북유럽이나 프랑스 브랜드의 아동복이 인기를 끌었다. 브랜드마다 가격 차이가 있지만, 비싼 것은 면 티셔츠 하나에 10만 원쯤 한다. 물론 10만 원이 넘는 옷도 있다. 일주일치 장을 보는 데 10만 원을 쓰는 월급쟁이 부부 입장에선 상당히 비싼 옷이다. 그런데도 다들 대단하다 싶을 정도로 한국 엄마들 SNS에는 이 옷들을 입은 아이들 사진이 넘쳐났다.

이 브랜드들은 유럽으로 오면 가격이 좀 저렴해지고, 제품군도 다양해진다. 그래서 한국에서 직구하는 엄마들이 많다. 나에게도 생면부지의 엄마들이 온라인으로 '혹시 특정 브랜드의 옷을 대신 구해줄 수 있느냐'고 물어오는 일도 종종 있었다. 독일은 유럽연합(EU) 가입국이라 프랑스에서 사는 것과 같은 혜택을 받는다.

그래서 더 정확하게는 독일 놀이터에서 나는 이 옷들을 찾았다. 한국에선 더 비싼 돈을 주고 사기도 하고, 번거로운 절차를 거쳐 직구까지 해서 입히려고 하니, 훨씬 저렴한 가격에 구할 수 있는 독일 엄마들은 당연히 이 옷을 더 많이 입힐 것이라고 본 것이다.

그런데 며칠을 관찰해도 놀이터에 있는 어느 아이들에게서도 이 브랜드 옷들을 찾을 수가 없다. 뿐만 아니라 겨울 무렵에는 아이들이 '같은 어린이집에서 나왔나' 하는 의심이 들 정도로 비슷한 복장을 하고 놀이터로 나왔다.

내가 거주하는 동네는 과거 독일이 동 · 서로

나뉘었을 때 서독이 통치했던 곳에 속한 곳이다. 베를린 내에서도 아이 키우기가 좋은 곳으로 통한다. 운 좋게도 특파원 가족에게 저렴한 가격으로 집을 제공하는 좋은 주인을 만나 그곳에서 생활하게 됐다. 그 동네 아이들이 돈이 없어 유명 브랜드의 옷을 안 입고 나왔을 가능성은 매우 적었다.

그럼 도대체 이 아이들은 무슨 옷을 입을까? 한 여름을 제외하고 아이들은 대체로 위아래가 붙은 우주복 형식의 활동복을 자주 입는다. 무늬도 없고 그리 고급 소재도 아니다. 처음에 이 옷을 보고 남편에게 한 나의 설명은 이랬다.

"농부들이 모내기 할 때 입는 옷 같아."

실제 처음 아이들을 보는데, 농부들이 모내기 하는 장면이 절로 떠올랐다. 농부들은 모내기 철, 일만 열심히 하고자 벌레나 잎사귀 따위가 감히 뚫을 수도 없는 튼튼한 고무 소재의 방수복에 고무장화를 신고 나온다. 일을 하다 옷에 흙이 묻는 것도, 물이 들어가는 것도 신경 쓰지 않고 오직 일에만 집중하려는 것이다.

독일 아이들의 복장이 딱 그렇다. 모래가 묻어

도, 흙에서 뒹굴어도, 물에 젖어도 신경 쓰지 않을 수 있는 옷이다. 독일 아이들은 노는 데 최선을 다하기 위한 복장을 택해 놀이터로 나온 것이다.

후에 알게 된 얘기지만 독일 어린이집에선 '놀이 옷'이라고 불리는 이 복장을 준비해 보내지 않으면, 아예 야외 활동에 함께하지 못하게 한다.

우리 아이에게 아이보리색 털실로 짠 바지와, 회색 뜨개 니트를 입혀 놀이터에 내보낸 적이 있다. 그 무렵 아이는 놀이터를 좋아하는 마음에 비해, 걸음마가 서툴렀다. 뒤뚱거리며 놀이터에 진입한 아이는 그네를 향해 맹렬하게 달려가다 금세 넘어졌다. 독일 놀이터는 바닥이 대부분이 흙과 모래로 돼 있다.

넘어진 아이를 보니 제일 먼저 든 걱정은 빨래 생각이었다. 독일은 물에 석회 성분이 많아 빨래할 때마다 애를 먹었다. 뜨개 옷처럼 세탁기에 마음껏 넣고 돌릴 수 없는 특수 소재일 경우 더욱 그랬다. 이 옷 세탁하기가 얼마나 까다로운지 알 턱이 없는 아이는 울지도 않고 한동안 모래 위에 가만 있었다. 그러다 모래의 감촉이 좋았던지 아예 모랫바닥에 철퍼덕 주저앉아 손으로 흙을 파기 시작했다. 아이보리색 바지에 흙먼지가 뽀얗게 묻었다.

아이를 일으켜 '그만 놀아'라고 말하고 싶은 마음이 드는 걸 꾹 참았다. 내가, 아이가 예뻐 보였으면 하는 욕심에 입힌 옷으로, 아이의 놀이를 제한하고 있단 생각이 들었다.

그날 이후 우리 아이도 모내기하러 가는 농부처럼 입고 놀이터에 나가기 시작했다. 아이가 노는 데 최선을 다할 수 있는 옷이 아이에게는 가장 예쁘다.

기저귀 가는 곳이 편의점만큼 많은 나라

베를린 생활 초기, 건물 내 화장실을 다닐 때마다 놀랐다. 화장실 시설이 좋아서 그런 건 아니다. 오히려 화장실 시설이 좋지 않을 때 더 놀랐다. 시설이 아무리 안 좋아도 설치돼 있는 '기저귀 갈이대' 때문이다.

아이 엄마가 되고 놀랐던 건, 기저귀를 갈 수 있는 곳이 생각보다 없다는 사실이었다. 기저귀를 갈려면 침대까지는 아니더라도, 아이가 누울 수 있는 평평하고도 단단한 받침대 같은 게 있어야 한다. 그리고 이 받침대는 아이의 엉덩이 등 신체 일부가 닿는 만큼 위생적으로 유지돼야 한다.

또 외부와 차단된 별도의 공간이어야 한다. 어른의 화장실 같은 곳이 아이에게도 필요한 것이다.

과거 아이 기저귀를 두고 종종 논쟁이 벌어질 때, '어른이 화장실에서 볼일을 보는 것처럼, 아이가 기저귀를 갈 때도 그렇게 해야 한다'는 주장을 본 적이 있다. 맞는 말이다. '그런 공간이 없을 때 식당에서 기저귀를 갈아도 되느냐'는 별도의 문제지만, 적어도 그런 공간이 많이 만들어져야 함은 틀림없다고 생각한다.

그런데 독일에 오니 을지로3가 뒷골목에 위치한 허름한 식당처럼 보이는 곳에도 기저귀 갈 수 있는 공간이 마련돼 있는 것이다. 상상해보라. 밥을 먹다 아이 기저귀를 갈아줘야 하는데, 아무래도 건물이 너무 오래돼 기저귀 가는 곳이 없을 것 같다. 남편에게 '혹시 모르니 화장실에서 얼른 확인하고 오겠다'라고 한 뒤, 쿵쾅거리며 식당 지하 화장실을 내려갔다. 그런데 떡 하니 기저귀 갈이대가 있는 것이다. 얼른 남편에게 얘기하고 싶어, 계단을 다시 쿵쾅거리며 뛰어 올라간 뒤, 나도 모르게 신이 나서 "기저귀 갈이대가 있다"고 외치곤 했다.

베를린 식당이 다 최신식이고 좋아서 그런 것은 아니다. 베를린에는 정말 종로 옛 골목에서 볼 법한 허름하고 낡은 식당들이 많다. 이런 낡은 식당도 대부분 기저귀를 갈 수 있는 곳을 별도로 두고 있다. 좀 '좋은 식당이다' '센스가 있는 식당이다' 싶을 경우 기저귀, 물티슈 등 기본적인 아기용품까지 갖춰 놓았다.

기저귀 갈 수 있는 곳은 여자 화장실 대신 '가족화장실'에 설치돼 있거나, 아예 별도 공간에 마련돼 있는 경우가 많다. 엄마 아빠가 모두 편하게 이용할 수 있도록 말이다. 그 덕분에 우리 아이도 어느 식당에서든 엄마 아빠 상관없이 밥을 빨리 먹는 쪽과 함께 기저귀를 갈았다.

식당 건물뿐 아니라 길거리에서도 기저귀 갈 수 있는 곳을 만나는 게 어렵지 않다. 독일에서는 아이 기저귀와 분유 등 아이 관련 용품을 데엠(DM)이나 로스만(ROSSMANN)이라고 하는 생활잡화점에서 판매한다. 한국에서 편의점을 만나는 빈도 정도로 자주 데엠이나 로스만을 발견할 수 있다. 어느 정도 편의점 역할을 하고 있기 때문이기도 할 것이다.

이런 데엠이나 로스만 한 편에서 만날 수 있는 게 기저귀 갈이대다. 즉, 길을 걷다가 곳곳에서 편하게 기저귀를 교환할 수 있는 것이다. 편의점만큼 많은 게 기저귀 갈이대인 셈이다.

특히 데엠과 로스만의 기저귀 갈이대에는 아기 성장단계별 기저귀와 물티슈, 기저귀 뒤처리 봉지 등을 무료로 이용할 수 있게 해놓았다. 데엠이나 로스만은 상당히 많은 PB상품(자체 개발 상품)을 보유하고 있는데, 그중에는 기저귀, 물티슈 등 아기용품도 있다. 이를 자연스럽게 홍보하면서, 아이 부모에게 편의도 제공하는 것이다. 갑작스런 외출에 부모가 미처 아이 기저귀를 준비해 오지 못했더라도, 이곳에서 충분히 대처가 가능하도록 말이다.

매장 규모에 따라서, 한쪽에는 아이들이 좋아하는 장난감 말이나 기차, 원목 교구 등을 갖춰 놓았다. 아이들이 놀 수 있는 간이 놀이공간이다. 우리 아이도 데엠에서 말 타는 것을 어찌나 즐겼는지 모른다.

이런 서비스는 부모들에게 '우리는 아이를 환영합니다'는 메시지를 준다. 가족 친화적인 기업이라는 이미지를 주는 것이다. 이는 실제 좋은 홍보 효과로도 이어지는 것 같다. 독일 부모들 중에는 가격이 저렴하면서도 품질 좋은 데엠이나 로스만의 PB상품을 이용하는 경우가 많기 때문이다. 우리 아이도 데엠의 기저귀, 물티슈, 기저귀 전용 비닐봉지 등을 애용했다.

이런 서비스를 이용할 때 물건을 구매한 영수증을 제시해야 한다거나, 고객 인증을 할 필요는 없다. 지켜보는 사람도 따로 없다. 그저 기저귀 교환이 필요한 사람이면 누구든 편하게 와서 아이의 기저귀를 갈아주면 된다. 물론 대부분 이용자는 로스만과 데엠의 고객이다.

처음엔 '악용하는 사람이 없을까' 하는 걱정도 들었다. 품질 좋은 제품을, 확인도 하지 않고 무료로 사용하게 놔뒀으니 말이다. 한두 개쯤 집어가고 싶은 마음이 들 수도 있고, 그런 사람이 10명만 모여도 20개가 사라질 테니 말이다.

그런 걱정은 기우였다. 독일 부모들은 철저하게 다들 자기 아이가 필요한 만큼만 쓰고 뒷사람을 위해 깨끗해 정리한 뒤 자리를 떴다. 기저귀 몇 장을 더 챙겨 간다거나, 물티슈를 몰래 넣어가는 사람은 보지 못했다.

주말이면 베를린도 유명 쇼핑몰이나 백화점은 한국만큼이나 붐빈다. 더군다나 유럽 화장실은 대부분 돈을 내고 들어가야 한다. 보통 50센트(약 700원) 정도를 낸다. 그럼에도 누구 하나 다 같이 쉬는 소파에서 아이 기저귀 갈아주는 일이 없다. 다들 700원씩 내며, 붐비는 화장실에 줄서서 기다려 아이 기저귀를 갈아준다.

공공장소에서 기저귀 가는 부모가 적어서 기저귀 갈이대가 많은 것인지, 기저귀 갈이대가 많아서 공공장소에서 기저귀 가는 부모가 적은 것인지는 모르겠다. 닭과 달걀의 선후관계 같은 일일 것이다.

카시트에 잘 앉게 태어난 아이는 없다

한겨울, 눈 내리는 베를린에서 밤 12시 넘어 돌이 갓 지난 아이와 택시를 탄 적이 있다. 주말 동안 독일 남부 소도시에 다녀오는 길이었다. 폭설로 인해 예정된 비행기가 취소되고, 대체편으로 기차가 제공됐다. 그러나 3시간 반이면 도착해야 할 기차마저 가다 서다를 반복하더니, 이내 다른 도시에 멈춰 버렸다. 거기서 다른 기차로 갈아탄 후에도, 한참을 서행하던 기차는 밤 12시가 넘어서야 우리를 베를린역에 내려주었다. 베를린까지 8시간쯤 걸린 것 같다. 베를린 거리에도 제법 눈이 쌓여 있었다.

당시 우리 아이는 저녁 7시가 취침시간이었다. 처음에는 기차 여기저기를 구경하며 재밌어하던 아이도 잘 시간이 지나자 점점 힘들어하기 시작했다. 만원 손님으로 꽉 찬 야간 열차 안에서 어른인 나도 지치는데, 아이는 오죽할까. 아이를 안아도 보고, 업어도 보고, 자리에 앉았다 일어섰다 수십 번을 한 것 같다. 아이는 베를린에 도착하기 직전에야 겨우 잠에 들었다.

나는 지쳐 잠든 아이를 안고, 남편은 양손에 무거운 짐을 든 채 역에 내렸다. 서둘러 만 1세 아이용 카시트가 장착된 택시를 호출했다.

독일은 카시트 규정이 굉장히 엄격하다. 만 12세 이하거나 키 130센티미터 이하는 반드시 카시트에 앉아야 한다. 규정이 엄할 뿐 아니라, 사회적으로도 아이는 카시트에 앉는 게 당연하다는 합의가 이뤄져 있다. 카시트에 아이를 앉히지 않으면 아이 안전에 무책임한 부모가 되기 십상이다.

택시도 마찬가지다. 아이와 함께 택시를 타려면 자기 아이 연령에 맞는 카시트 있는 택시를 불러야 한다. 베를린 공항 택시 승강장에는 승·하차 도우미가 있는데, 택시를 잡을 때는 반드시 도

우미에게 아이 포함 승객이 몇 명인지 알려줘야 한다. 아이 나이도 필수다. 아이 나이에 맞는 카시트를 가진 택시를 불러주기 때문이다. 택시 어플리케이션에도 카시트를 선택할 수 있는 옵션이 있고, 렌터카 대여소 옆에는 카시트 대여소도 함께 있다.

우리도 이 택시 어플리케이션을 통해 카시트가 있는 택시를 불렀다. 다행히 금방 택시가 도착했다. 택시 기사는 트렁크에 짐을 싣고, 좌석에 카시트를 설치해줬다. 이제 아이를 카시트에 앉히기만 하면 된다.

그런데 실컷 카시트 있는 택시까지 불러놓고도, 막상 카시트를 보니 마음이 동요하는 것이다. 평소 우리 차에는 당연히 카시트가 설치돼 있고, 아이도 카시트에 잘 앉아서 간다. 그러나 이날만큼은 아이를 카시트에 앉히고 싶지 않았다. 아이를 카시트에 앉히려면 잠든 아이를 깨워야 하는데, 아이는 못난 부모 때문에 기차 안에서 종일 시달리다 겨우 잠든 차였다.

시간은 이미 자정이 넘었고, 기차역에서 우리 집까지는 택시로 10분 남짓 걸린다. 도로에는 이미 차도 드물고 경찰도 없다. 단속에 걸릴 확률은 거의 없게 느껴졌다.

택시기사에게 이런 사정을 말하며 조심스레 "아이를 안고 타도 되겠느냐"라고 물었다. 택시 기사는 대쪽 같았다.

"그럼 다른 택시를 타세요."

눈 내리는 새벽, 언제 다른 택시를 호출해 올 때 까지 기다린단 말인가…. 아이가 깨지 않길 바라며 아이를 카시트에 앉혔다. 아이는 조금씩 눈썹을 찡그리기 시작하더니, 양 어깨에 카시트 벨트를 끼우자 정말 자지러지게 울기 시작했다.

택시 기사는 아이가 울거나 말거나 카시트에 앉은 것을 확인한 뒤 운전을 시작했다. 선잠을 깬 아이는 울어도 부모가 안아주지 않자, 더욱 맹렬하게 울기 시작했다. "아이를 좀 안으면 안 되겠느냐"고 물어도 택시기사의 반응은 똑같았다.

"그럼 내려서 다른 택시를 타세요."

집에 가는 10분이 10시간처럼 느껴졌다. 독일이란 나라에 대한 정이 뚝 떨어졌다. 질서가 정연하고, 원칙이 분명한 나라가 융통성 없는 원칙주의자들의 나라가 되는 건 순식간이었다.

다음 날 우리 아이와 비슷한 개월 수의 딸을 둔 독일인 부부에게 이 얘기를 했더니, 본인들도 한참 카시트 때문에 속을 썩는 중이라고 했다. 얼마 전 근처 농장으로 아이와 함께 나들이를 갔다가 난리가 났다는 것이다. 놀다 보니 생각보다 시간이 지연돼 아이 취침시간보다 늦게 돌아오게 됐는데, 카시트에 앉은 아이가 자지러지게 울었단다. 그래서 어떻게 했느냐고 물어보니 부부는 답했다.

"그대로 뒀지."

독일 부모들에게도 카시트에 아이를 앉히는 것은 어려운 문제다. 카시트 규정이 엄격한 나라에서 산다고, 아이가 카시트에 얌전하게 앉을 수 있게 태어나지는 않는 것이다. 다만 안전을 위해 어른이 불편해도 안전벨트를 꼭 하듯, 독일 부모들은 이 부분을 '양보할 수 없는 문제'로 보는 것 같다.

독일에는 카시트와 관련해서 이런 얘기도 있다. 한 부모가 아이와 차를 타고 가는데, 카시트에 앉은 아이가 자지러지게 울었다. 하는 수 없이 아이 엄마가 아이를 카시트에서 꺼내 품에 안았는데, 마침 경찰 단속에 딱 걸렸다. 경찰이 왜 아이를 카시트에 앉히지 않았느냐고 묻자, 아이 엄마가 답했다.

"아이가 너무 울어서요."

경찰이 되물었다.

"아이들은 우는 게 일인데, 운다고 아이를 안 앉힌다는 게 말이 되나요?"

카시트처럼 안전에 관한 문제에 있어서는 독일 사람들은 철저하게 원칙을 지킨다. 아이가 운다고 이 원칙을 어기면, 아이는 다음 번에도 '울면 카시트에서 내려주겠거니' 생각한다. 정말로 아이가 카시트에 앉아 있지 못할 위험한 순간이라면 당연히 차를 세우고 카시트에서도 내려야 한다. 그러나 그렇지 않은 상황에서는 아이가 카시트에 앉는다는 원칙을 굳건하게 지킨다. 아이는 독일 카시트 규칙을 알아서 적응하는 게 아니라, 이 일관성에 적응한다.

다만 이 원칙을 위해서는 아이의 컨디션을 잘 살펴야 한다. 아이가 견딜 수 없는 장거리는 피하고, 아이가 카시트를 오래 탈 수 없는 컨디션일 때는 차를 태우지 않는 게 우선이다. 또 카시트에서

지루해하지 않도록 아이가 좋아하는 장난감 한두 가지를 사전에 준비하는 것도 좋다.

중고매장 단골인 베를린 엄마들

한국에서 바리바리 싸 들고 온 아이의 겨울옷들이 하나같이 작다. 11월에 태어난 우리 아이는 겨울옷 선물을 많이 받았다. 한국에서 짐을 쌀 때부터, 작을 수도 있을 것 같다는 걱정을 하면서도, 선물 받은 옷이라 아쉬워서, 지난해 겨울엔 신생아라 몇 번 입히지 못해 아까워서, 작아진 게 아니길 바라며(그러면서 한편으론 무럭무럭 자라길 바라면서), 머나먼 독일 땅까지 이 옷들을 가지고 온 것이다. 그런데 역시나 작다.

더 이상 자랄 게 없는 어른들이야 똑같은 옷을 몇 해씩도 입을 수 있지만, 한창 커나가는 아이들 세계에선 그런 게 없다. 특히 만 1~3세는 어제와 오늘이 다르다. 어제는 기어 다니다가 갑자기 내일 걷는 게 이 무렵 아이들이니까.

아이가 열심히 성장하는 모습이 반가우면서도, 부모는 금세 작아진 아이 옷 앞에선 '올 겨울에 몇 번 입지도 못하고 작아졌네.' 하는 현실적인 고민을 한다. 특히 물려줄 사람도, 물려받을 사람도 없는 타국에서 아이를 키우다 보니 이런 걱정은 배가 된다.

꾀를 써서 어느 날은 몇 사이즈 큰 옷을 사서 입혀본 적도 있다. 이런 경우 아이도 '작은 어른'인지라, 영 옷 태가 안 난다. 걷는 것도 어딘가 불편해 보인다. 그렇다고 딱 맞는 사이즈를 사 입히자니 역시나 본전 생각이 안 날 수 없다.

그러던 어느 날 '유레카'를 외치고 싶은 곳을 발견했다. 아이를 데리고 놀이터에 다녀오는데, 아이들과 부모들로 시끌벅적대는 가게가 있었다. 장난감 가게인가 싶어 따라 들어가 보니 장난감부터 아이들 옷, 신발까지 다양한 아이 물건이 전시돼 있었다.

다만 옷의 디자인이나, 색깔 등이 통일성이

없고, 사이즈도 제각각이다. 가격은 종이 위에 손글씨로 투박하게 적혀 있다. 일부는 가격이 없는 것도 있다. 그런데 가격이 눈을 의심할 만큼 저렴하다.

알고 보니 아이 물품을 전용으로 파는 중고가게다. 우리 동네에만 도보 10분으로 걸어갈 수 있는 중고가게가 두세 개 정도 됐다. 베를린 전역에는 이런 가게가 수십 곳 존재했다.

가게뿐 아니다. 주말마다 열리는 플리 마켓(벼룩시장)에서도 아이 중고 용품을 쉽게 찾을 수 있다. 판매자로 등록해 정기적으로 아이 용품을 내놓고 판매하는 부모들도 많다. 평소 아이 장난감에 지갑을 잘 열지 않는 실용적인 베를린 부모들도, 이곳에서만큼은 지갑을 연다.

여담이지만, 독일인들은 매우 실용적이고 검소하다. 독일 아이들의 집에 가보면 또래 한국 아이들보다 훨씬 적은 장난감을 가지고 있다. 그마저도 물려받거나 중고로 산 경우가 많다. 인상 깊은 것은 자신의 부모가 쓰던 장난감이나 옷을 물려받는 경우도 많다는 것이다.

그런 부모들이 중고 매장에서는 적극적이다.

다들 매장 내에서 필요한 옷과 소품을 척척 골라내는 것이, 한두 번 와본 솜씨가 아니다. 우리보다 소득 수준이 훨씬 높은, 선진국의 엄마들이 중고 매장 단골이라는 게 영 어색하고 낯설게 느껴질 정도다. 어린이집 끝나고 엄마 손 잡고 온 아이들도 열심히 물건을 고른다.

자린고비와는 좀 다른 것 같다. 필요한 물품은 꼭 구매한다.(자동차도 좋아한다.) 안전에 관한 제품들에는 특히 돈을 아끼지 않는다. 독일에서 만드는 특정 아이 카시트와 유모차 등은 상당히 고가인데도, 대부분의 독일 가정이 이 제품들을 선택한다. 2만 원짜리 장난감 사 주는 것에는 엄격하면서, 50만~60만 원짜리 카시트는 필수로 사는 것이다. 자전거를 탈 때도 헬멧과 무릎보호대 등 안전용품을 꼭 갖추게 한다.

한국에서도 가끔 온라인으로 부모들이 작은 아이 용품을 두고 개인 간 거래를 하기도 한다. 하지만 어디까지나 개인 간 거래다. 또 직접 물건을 볼 수 없다는 단점과 혹시나 사기(?)는 아닐까 하는 불안감이 공존한다. 오프라인 중고 용품 매장도 있긴 하지만, 아이 물품만 전용으로 파는 가게는 드물고, 아직까진 활성화가 잘 돼 있지 못한 편이다. 최근엔 몇몇 유명인들을 중심으로 플리 마켓 문화도 새로 자리를 잡아가는 것 같기는 하다. 그러나 역시 시장이라는 느낌보다는 일회성 이벤트 혹은 기부용 행사 같은 느낌이 강하다.

한국에서도 동네마다 도보 거리에 한두 군데 정도 아이 중고 용품 가게가 있다면, 그저 보여주기식 매장이 아니라 정말 부모들의 사랑방 같은 역할을 한다면, 어떨까?

그해 겨울, 우리 아이는 어느 독일 아이가 입었을 방한복에, 방한부츠를 신고 추위를 정말 잘 났는데 말이다.

하루 세끼 밥하는 삶

독일에 와서 매일 하는 일이 있다. 마늘을 까는 것이다. 서울에 있을 때는 거의 매일 점심 저녁을 밖에서 해결하느라 제대로 된 요리를 해본 적이 없다. 독일에서는 모든 한국 음식을 직접 해 먹어야 한다. 시작은 마늘이다. 한국 음식에 마늘이 이렇게 많이 들어가는지 이전엔 미처 몰랐다. 어떤 요리에도 다진 마늘 반 숟갈이 빠지지 않는다.

독일에는 그 흔한 다진 마늘이 없다. 깐 마늘도 없다. 매일 마늘을 사다가 껍질을 벗긴 뒤, 칼로 자르고 이를 다시 잘게 다져야 한다. 밥숟가락 반만큼의 마늘을 김치찌개에 넣기 위해서.

한국에선 당연하게 먹었던 '밥'도 이곳에선 전혀 당연하지 않다. 일단 쌀을 파는 곳이 드물다. 독일 마트에서도 쌀을 팔긴 한다. 그러나 한국에서 밥 해 먹는 찐득찐득한 쌀이 아니다. 그런 쌀은 아시아 마트에서 비싼 값을 줘야만 구할 수 있다. 이마저도 묵은쌀인 경우가 많다. 2018년에 2016년에 도정된 쌀을 먹는 식이다.

독일 생활 반년 정도가 지났을 무렵에야, 터키 식료품점에서 파는 장미가 그려진 봉투 속 쌀이 우리 쌀과 유사하다는 것을 알게 됐다. 가격은 아시아 마트 절반 가격인데, 도정은 더 최근에 한 쌀이다!

어른 두 명이었으면 한 끼를 대충 때웠을지도 모르겠다.(틀림없이 그랬을 것이다.) 하지만 우리 집에는 본인의 인생에서 가장 빠르게 성장 중인 아이가 있다. 한국 아이들의 경우 처음 이유식을 시작할 때 쌀을 곱게 간 '미음'으로 시작한다. 쌀이 우리 주식이기 때문이다. '미음' 단계를 지나면 '야채 죽'과 같은 형태에 들어간다. 쌀에 잘게 다진 야채, 고기 등의 재료를 섞어 끓이는 것이다.

그러나 쌀이 주식이 아닌 독일에선 대부분의

아이들이 '미음'을 먹지 않는다. 쌀보다 감자, 야채로 이유식을 시작하는 경우가 많다. 야채가 끝나면 고기로 넘어간다. 월령별로 다르지만, 6개월 이상 된 아이의 경우 지방이 거의 없는 부위의 소고기를 아주 곱게 간 뒤 마찬가지로 곱게 간 야채와 섞어 먹는다. 여기에 오일을 한 방울 섞기도 한다. 대부분의 시판 이유식이 이런 형태로 미리 나와 있어, 부모들이 시판 이유식을 많이 사다 먹인다.

그러나 우리 아이의 경우 한국에서 쌀 이유식을 조금 시작하다 독일에 들어갔다. 한번 쌀에 맛을 들인 아이는 독일식으로 고기와 야채를 섞어주니 혀를 쏙쏙 내밀면서 거부 반응을 보였다. 독일 시판 이유식도 한입 먹고는 고개를 젓는다. 하는 수 없이 하루에 세 번 밥 해 먹는 삶이 시작됐다.

아이가 삶은 밤을 좋아하던 시기가 있었다. 밤은 따뜻할 때 까야 껍질이 잘 까진다. 아이가 낮잠 자는 틈을 타 밤을 한 솥 삶아다가 손을 호호 불어가며 껍질을 깐다. 이를 아이가 먹기 좋은 크기로 자르고 나면 어느새 한두 시간이 훌쩍 지나가 있다.

이렇게 어느 날은 밤을 까다가, 어느 날은 마늘을 까다가, 정말 하루가 밥하고 아이만 보다가 다 지나가는 것 같아 서글퍼지는 때가 있었다. 같은 회사에서 근무하다 똑같이 독일에 왔는데, 남편은 독일에서의 시간이 하루하루 고스란히 쌓이는 것 같은데, 나의 시간은 그렇지 않은 것 같은 때….

독일에서 쓰고 싶은 이야기도 있었고, 읽고 싶은 책도 있었고, 하고 싶은 공부도 있었는데 아무것도 하지 못한 것만 같은 때….

남편에게 이 얘기를 하니 우문현답이 돌아왔다.

"아이가 일기를 쓸 수 있다면 오늘 일기장에 '엄마랑 시간을 많이 보낼 수 있어 정말 좋았다.' 고 쓰지 않을까?"

아무것도 아닌 시간은 없다.

베를린 사람들의 오지랖

베를린에 온 지 얼마 되지 않았을 때의 일이다. 주방제품을 사러 시내 한 복합 쇼핑몰에 갔다. 당시 9개월 정도 된 아이는 오전 오후 두 차례씩 낮잠을 잤다. 쇼핑몰을 돌다 보니 어느새 아이가 스르르 잠들어 있었다. 시계를 보니 낮잠 잘 시간이었다. 복합 쇼핑몰의 환한 전등 빛이 아이의 잠에 방해되지 않도록, 얇은 여름용 면 소재 속싸개로 유모차를 가려주었다.

아이가 잠든 틈을 타 얼른 물건을 고르려고 하는데, 가게 점원이 웃으며 다가왔다. "우린 여유롭게 둘러보다 갈 거야"라고 하니, "그게 아니고…"라며 말을 흐린다.

"네 아이 그렇게 속싸개로 유모차를 다 덮어놔도 괜찮을까?"

처음 이 질문을 받았을 때만 해도, 나는 점원이 우리와 간단한 '수다'를 떨고자 아이 얘기를 하는 줄 알았다. 웃으며 "괜찮아" 하고 넘어가려는데, 점원이 약간 심각한 얼굴로 되묻는다. "네 아이 숨 쉬는 데 어렵지 않을까?" 그제야 나는 점원이 단순히 수다를 떨고자 하는 게 아니란 걸 알았다. 점원은 심각하게 우리 아이를 걱정하고 있는 것이다. 점원에게 "얇은 거즈 소재라 충분히 공기가 통하기 때문에 괜찮다"며 "숨 쉬는 데는 문제가 없다"고 충분하게 설명을 해주었다. 점원이 웃기는 하지만 조금 찝찝한 표정으로 돌아갔다. '내 아이를 나보다 걱정하는 사람이 어디 있다고….' 괜히 아이에게 무관심한 엄마가 된 것 같아 기분이 좋지만은 않은 채로 옆 매장으로 이동했다.

한국에선 부모들이 아이 데리고 쇼핑몰로 향하는 경우가 많다. 기저귀 갈기도 편하고, 유모차 끌기도 편하다. 그러다 아이가 잠들면 종종 이렇게 유모차 위에 얇은 천을 덮어주곤 했다. 아이의 숙면을 돕고, 여름철에는 간단하게 벌레 등을 쫓기에도 좋다.

그런데 그 옆 가게에서도 또 묻는다. "이거, 네 아이 숨 쉬는 데 괜찮을까?"

아까와 같은 답을 해주고 나오는데, 이제는 확실히 그들의 눈에 이게 뭔가 이상하게 보인다는 것을 알겠다. 주변을 둘러보니, 다른 아이 부모들은 아이가 잠들어도 그렇게 하는 경우가 없다. 기껏해야 유모차 자체의 덮개를 내릴 정도다.

그렇다고 해도, 베를린 한복판에서 이런 참견(?)을 당할 줄이야. 독일에선 다른 아이를 '예쁘다'고 함부로 만졌다가 신고 당한다는 말이 새삼 실감이 났다.

이런 일은 실제로도 일어난다. 몇 년 전, 한 한국인 엄마가 독일에서 아동학대 혐의로 이웃주민의 신고를 받았다. 어린아이가 10여 마리의 동물들과 같이 사는 것을 보고, 주민들이 아이의 불결한 생활을 걱정해 보건당국에 신고했다는 것이다. 지인의 차가 장애인 주차구역에 잘못 주차했다. 지인이 이를 알고 금방 다시 돌아왔는데, 그새 차에 '차 빼라'는 포스트잇이 여러 개 붙어 있었다고 한다.

일반적으로 생각하기에 우리는 외국인, 특히 서양 사람들은 타인의 일에 크게 신경 쓰지 않으며 '쿨하다'고 생각한다. 실제 한여름에 여성이 상의를 탈의한 채 공원에 누워 있어도 베를린 사람들은 별 신경을 쓰지 않는다. "너 왜 그러냐" "옷 입어라" 등의 말을 하지 않는 것은 물론, 노골적인 시선을 보내는 이도 없다. 우리 동네에는 한 여름에도 두꺼운 잠바를 입고 돌아다니는 아저씨가 있었는데, 그 누구도 그 아저씨의 복장에 대해 왈가왈부하는 이가 없었다. 대중교통에서 아이가 크게 울어도 "시끄럽다" 하며 인상 찌푸리는 경우가 드물다.

하지만 어린아이의 안전문제, 장애인의 인권문제 등 약자들의 문제에 있어서는 다르다. 독일 사람들은 적어도 이 문제에서만큼 몸을 사리지 않는다. 한국이면 '왜 남의 일에 상관하느냐'고 시비 거는 게 무서워서라도 안 할 일에 적극적으로 나선다.

'남의 아이 일에 너무 간섭하는 게 아니냐'고 투덜거리던 나는 독일에 살며 이 오지랖 신세를 여러 번 졌다. 아이와 함께 식당에서 밥을 먹고 나오는 길에 급체를 한 적이 있었다. 남편이 급하게 길 건너 약국을 향해 뛰어간 사이, 나는 아이와 횡단보도를 건너지도 못하고 그 앞에 쭈그리고 앉아 있었다. 남편이 약을 사서 다시 돌아오는 그 5분 동안 두 명의 사람이 나에게 다가와 물었다.

"괜찮아?" "구급차 불러줄까?" "아이가 아프니?" 내가 아파서 아이를 미쳐 신경 못 쓸 사이 독일인들은 남편이 올 때까지 우리 아이 옆에 있어주었다.

남편이 한 가게에서 갑자기 쓰러졌을 때도 마찬가지였다. 남편을 안아서 택시에 태워주고, 근처 응급실까지 옮겨 정확히 의료진 앞에까지 안내해준 것은 이름도 모르는 독일인들이었다.

독일인의 이 오지랖이 독일 사회를 더 나은 사회로 만든다고 나는 믿는다. 물론 조금 귀찮을 때도 있긴 하지만 말이다.

어느 곳에 가도 너는 환영 받는다

베를린에서 한 시간 반 정도 떨어진 곳에 비텐베르크(Wittenberg)라는 작은 도시가 있다. 한국 사람들에게 유명하진 않지만, 여느 유럽 도시들처럼 이 도시도 '살아 있는 유럽사'를 지니고 있다. 개신교가 아니더라도 한 번쯤은 들어봤을 마르틴 루터가 종교개혁을 일으킨 곳이 바로 이곳이기 때문이다. 큰 쇼핑몰이나, 세련된 식당, 이름난 풍광은 없지만 유럽 전역에선 많은 사람들이 조용히 이 과거를 마주하러 온다.

비오는 주말, 우리도 옛 종교개혁의 출발지로 향했다. 화려하진 않지만, 도시가 주는 느낌이 참 좋았다. 도시 곳곳이 역사의 비밀을 가득히 담은 박물관 같았다.

그런데 아이 부모는 이런 여행지에서 슬슬 긴장하게 된다. 아이와 편하게 밥 먹을 식당이 없을 확률이 높기 때문이다. 이 도시에 대한 한국 사이트의 정보는 거의 전무했고, 외국인들이 많이 찾지 않는 독일 소도시들은 영어 메뉴판이 준비돼 있지 않거나, 영어가 통하지 않는 경우가 많다. 아이가 먹을 만한 음식이 있는지, 아이를 데리고 가도 괜찮은 식당이 있는지 알 수 있는 정보가 턱없이 부족한 것이다.

이때만 해도 우리는 독일에 온 지 얼마 안 된 터라, 독일어보다 영어가 더 익숙했고, 혹시라도 "아이 데리고 나가라" 하는 '노키즈존(아이 출입을 금지하는 가게)'이 아닐까 하는 걱정을 항상 했다. 한국에선 아이 데리고 갔다가 안 된다는 말에 그냥 나오거나, 아기 의자도 없이 무릎에 앉혀 먹는 경우도 많았기 때문이다.

허둥지둥 식당을 고르다가, 아이 밥 먹을 시간이 다 돼 일단은 '탄테 엠마(Tante Emma)'라는 곳에 들어가 보기로 했다. 탄테(Tante)가 독일어로 이

모니, '엠마 이모집' 정도 되는 식당이다. '식당 이름이 이모집인데, 푸근하게 받아주지 않을까' 하는 마음으로, 우리는 식당 안에 들어섰다.

식당 내부는 상당히 고전적이면서도, 아기자기한 분위기였다. 유모차를 살짝 밀고 들어갔는데, 안에서 얼른 직원이 나와 유모차를 같이 식당 안으로 당겨준다. 남편과 나는 안도의 미소를 서로 주고받았다. 적어도 아이를 환영하지 않는 곳은 아닌 것이다.

실제 조금 있으니 이모 같은 푸근한 인상의 서버들이 다소 촌스러운(?) 혹은 정겨워 보이는 유니폼을 입고 나와 자리를 안내해준다. 아이가 있는 것을 보고, 아기 의자와 함께 조금 오래된 듯한 아기 책과 장난감을 가져다준다. 그들은 영어가 조금 서툴고, 우리는 독일어가 서툴다. 완벽한 의사소통은 안 되지만, 우리 아이를 환영한다는 의사만큼은 분명하게 느낄 수 있다.

이곳에서 우리는 한국의 돈가스와 비슷한 슈니첼과 돼지 안심 스테이크를 주문해 먹었다. 여기에 웨지감자와 으깬 감자(매시드 포테이토)를 곁들였다. 독일 감자요리는 언제 먹어도 참 맛있는

데다, 간이 그리 세지 않아서 아이에게 주기 안성맞춤이다. 굳이 키즈 메뉴가 따로 없더라도 괜찮다.

실제 음식이 나오자 아이는 기쁜 얼굴로 얼른 감자를 먹겠다며 손을 뻗었다. 아직 도구(포크나 수저)를 쓰기에 서툴던 때다.

그때 우리 테이블에 사장님으로 보이는 머리가 희끗한 할머니(식당 소개에 나온 사진과 동일했다)가 오더니, 재빠르게 담당 서버에게 뭔가를 지시하기 시작한다.

조금 있으니 서버가 새로운 플라스틱 접시를 하나 들고 온다. 그러더니 따뜻하게 먹으라고 스테인리스 그릇에 담아준 감자 요리를 이 접시에 새로 담아준다. 알고 보니 사장 할머니가 온기가 잘 유지되는 스테인리스 접시가 아이에게 뜨거울까 봐, 접시를 새로 가지고 오라고 한 것이다.

독일에 있으며 노키즈존을 만난 건 딱 한 번이었다. 우연인지 모르겠으나 베를린 내 한국인이 운영하는 유명 일식집에서였다. 그 일식집과 비슷한 가격대의 현지인이 운영하는 일식집에선 유아의자, 유아 식기, 유아 장난감 등을 갖춰놓은 걸

봤을 때, 독일 일식집의 특징이라고만은 할 수 없을 것 같다.

그 외에는 대부분이 탄테 엠마처럼 오래된 식당이라도 아이를 배려해주는 곳이 많았다. 유모차가 들어가기 좁은 식당일 경우, 기꺼이 유모차를 같이 들어주었다. 아이 의자를 구비해놓고, 아이가 놀 수 있는 가벼운 장난감이나 그림 그리기 도구를 갖춰놓았다. 베를린에 놀러온 여덟 살, 열 살이던 조카들은 식당에 갈 때마다 주는 간단한 색칠도구 등이 너무나 좋았다고 한다. 조카들에게 환대받는 느낌을 줄 수 있어, 내가 대신해 베를린 식당에 감사했다.

독일에선 두 살짜리도 길에서 자전거를 탄다

베를린에 와서 보는 가장 귀여우면서도 신기한 것 중 하나가 아이들이 길거리에서 자전거 타는 모습이다. 기껏해야 갓 두 돌을 지났을 법한 아이가 헬멧과 무릎보호대를 하고 두 발로 자전거를 타고 지나간다. 이 얘기를 한국에 있는 친구들에게 해주면 대부분 두 가지를 되물었다.

"두 살짜리가 자전거를 탄다고?"

"그런데 길에서?"

자전거 얘기를 먼저 하자면, 보조바퀴가 달리거나 심지어 세발자전거도 아니다. 엄연히 말하면 두발자전거다. 처음엔 우리도 "자전거 천재가 우리 동네에 산다!"고 했다. 그런데 도시 곳곳에 이 천재들이 셀 수 없이 많다.

알고 보니 독일 아이들에게는 한국 아이들 사이에서 뽀로로만큼 유명한 자전거가 있었다. 페달은 없는 연습용 자전거로, 아이가 두 발을 직접 굴려 균형을 잡아가는 '밸런스 바이크(balance bike)'다. 이 자전거는 균형 감각이 생기는 만 2세 정도만 되면 대부분의 아이가 탈 수 있다.

물론 차가 쌩쌩 다니는 도심 한가운데를 아이가 자전거를 타고 다니진 않는다. 부모가 장보러 다니는 길, 어린이집 가는 길 정도는 아이도 무리 없이 함께 자전거를 타고 다닌다.

독일은 이동수단으로 자전거가 자연스러운 곳이다. 남녀노소 할 것 없이 자전거를 많이 탄다. 자전거 타고 출퇴근, 자전거 타고 장보기 등…. 자전거에 아이 전용 좌석을 설치해, 부모가 아침 출근길에 자전거로 아이를 어린이집에 데려다 주는 경우도 많다. 그러다 보니 아이도 자신이 사는 동네에서 이동수단의 하나로 자연스럽게 자전거를 타고 다니는 것이다.

이 모습이 가능한 이유가 있다. 꾸물꾸물 지

나가는 아기 라이더 뒤에는 이를 느긋하게 기다려 주는 독일 운전자가 있다. 빨리 간다고는 하지만, 아직 자전거 실력이 미숙한 아이는 거리를 지나갈 때 느리고 답답하게 간다. 그래도 빵빵거리거나, 부모에게 빨리, 얼른 안고 가라고 눈치 주는 이가 없다.

독일 운전자들은 아이가 지나갈 땐 무조건 속도를 줄이고, 멈춰 선다. 그것도 아이가 갑자기 나타나 싫어서 어쩔 수 없단 얼굴로 끽, 하고 서는 게 아니다. 이미 멀리서부터 자연스럽게 속도를 줄이고 있다. 당연한 이야기 같지만, 아이 키우는 부모라면 이 당연한 이야기가 한국에서 얼마나 잘 지켜지지 않는지 알 것이다.

아이에게만 그런 건 아니다. 사람이 지나가면 무조건 차가 먼저 서는 곳이 독일이다.(물론 한국도 도로교통법 상으론 그렇지만.) 인간이 하는 일에 예외도 있겠지만, 아이와 함께 지나갈 때는 특히 '무조건'이란 말을 의심 없이 써도 좋을 만큼 그렇다. 의외로 독일에 없는 게 있는데 차 없는 거리다. 주차장을 아파트 지하에 두고, 1층에는 차가 다니지 못하게 하는 일도 드물다. 보행자가 많이 다니는 곳에서, 보행자의 편의를 위해 종종 시행되는 게 차 없는 거리라면 독일은 굳이 그럴 필요가 없기 때문이다.

처음엔 이게 익숙하지 않아서, 한국에서 하듯 차가 오려고 하면 내가 먼저 멈춰 서곤 했다. 차와 내가 동시에 가만히 서 있는 이상한 상황이 만들어졌다. 이미 속도를 줄여 천천히 달려오던 독일 운전자들은 '왜 안 지나가냐'는 듯 양손을 으쓱하며 의아해했다. 한국에서는 횡단보도임에도 일단 지나가려는 차와 몇 번 부딪칠 뻔한 적이 있었다. 배려도 받아 본 사람이 누릴 수 있다고, 그동안 이런 배려를 받아 본 적이 없는 나는 어떻게 해야 하는지를 몰랐던 것이다.

이를 위해선 반대의 경우도 있어야 한다. 우리도 운전자가 됐을 때 서야 한다. 이게 신기하다. '바빠 죽겠는데 멈춰서는 게 짜증나지 않을까' 싶은데, 그렇지가 않다. 사람이 지나갈 때 10초 정도 기다리고 서 있는 시간이 의외로 나를 기분좋게 한다. 남을 위해 10초 배려하고 있다는 게 내 자신을 매우 뿌듯하게 만들어줬다. 10초의 멈춤이 나의 자존감을 높이는 것이다.

물론 그다음엔 나와 우리 아이가 배려받을 것을 알고 있기 때문이기도 할 것이다.

스쿨존에선 단속카메라가 없어도 저속으로 달린다

독일에서 아우토반(Autobahn), 흔히들 말하는 무제한 고속도로를 처음으로 달려봤다. 보통 독일의 고속도로는 대부분 무제한이라고 생각하는 경우가 많은데, 꼭 그렇지는 않다. 최근엔 독일도 각 도시마다 고속도로 속도제한 규정이 많이 생겼다. 다만 메르세데스-벤츠, BMW 등 독일의 대표적인 자동차의 본사가 있는 도시 인근은 무제한 고속도로가 유지되는 곳이 많다. 해당 회사들의 입김 때문이라는데, 타당성이 있는 얘기라고 느껴진다. 모름지기 잘 달릴 수 있는 공간이 있어야 좋은 차를 만드는 이유도 있을 테니 말이다.

아무튼 처음 이 아우토반을 달리면 다소 비현실적이란 생각이 든다. 구간단속이나 속도제한이 없다 보니, 정말 차가 밟는 대로 그냥 나간다. '아, 차 계기판에서 정말 이 숫자를 볼 수도 있구나' 싶다. 어느새 계기판을 보면 150킬로미터가 찍혀 있고, 180킬로미터가 찍혀 있다. 더 놀라운 것은 우리 옆 차다. 이미 우리 차가 150킬로미터로 가고 있는데, 옆의 차가 훨씬 빠른 속도로 우리 차를 제치고 지나가는 것이다.

도대체 옆 차는 시속 몇 킬로미터로 달리고 있는 것일까. 심지어 비가 오고 있는데 말이다!

그러나 도심에서는 다르다. 모두들 이 야생본능을 숨기고 철저하게 규정 속도를 지키며 살아간다. 독일 운전자들은 도심에선 사람이 지나가면 언제든 차를 멈춰 세울 준비를 하고 있다. 그러니 세게 달리려고 해도 세게 달릴 수가 없다.

처음 운전할 때 이런 일이 있었다. 어느 날 베를린 도심을 지나는데, 특정 구간에서 다른 차들이 평소보다 더 속도를 줄여 지나가고 있었다. 독일은 한국처럼 내비게이션이 과속 카메라 단속 지역을 미리 세밀하게 얘기해주지 않는다. 그 모습을 본 남편과 나는 '아차' 싶었다.

'틀림없이 여기 과속 단속 카메라가 있구나.'

그런데 생각해보니 오늘만 이 길을 지난 게 아니었다. 우리 가족이 자주 지나다니는 길이었고, 지금까지 몇 번을 씽씽 달렸는지 모른다.

집에 와서 남편과 베를린의 과속 벌금을 찾아봤다. 벌금이 어마어마하게 비쌌다. 위반한 횟수를 계산해보니 족히 수백만 원은 벌금으로 내야 할 판이었다. 타국 살림에 한 명은 육아휴직 중인지라 가계부를 계산해보니 빠듯했다.

그래도 별수가 있나. 잘못했으니 벌금을 낼 수밖에. 생활비에서 벌금을 내려고 지출을 조금씩 아껴 예비비를 떼 두었다. 언제 그 벌금딱지가 오나, 매일같이 우편물함을 열어봤다.(독일은 아직도 대부분 중요한 사항을 우편물로 보내준다.) 나중에는 막 걸음마를 시작한 우리 아기가, 외출을 할 때면 꼭 우편물함 쪽으로 먼저 다가간 다음, 밖으로 나갈 정도였다.

그런데 하루가 지나고 이틀이 지나도 벌금 통지서가 오질 않는 것이다. 주소가 잘못될 일은 없다. 오히려 그 사이 주차 구역 위반 벌금 딱지는 왔다. 유럽의 길거리 주차 안내 표지판은 정말 암호처럼 느껴져서, '주차 가능'이라 생각하고 주차했는데도, 그게 아닌 경우가 종종 있었다. 그 결과가 벌금으로 날아왔다.

몇 달이 지난 후에야 우리는 알게 됐다. 독일인들이 단속 카메라가 있어서 규정 속도를 지킨 게 아니라는 것을. 그 인근에는 학교가 있었다. 아우토반의 나라에서도 스쿨존에선 모두가 30킬로미터 미만으로 서행하는 것이다. 시키지 않아도, 카메라가 없어도 말이다.

카메라는 없었다는 결론이 났지만, 덕분에 우리 가족은 실제 과속 벌금딱지는 운전하는 내내 받아본 적이 없다. 물론 생활비도 지켰고 말이다.

기온 대신 햇빛으로 아는 겨울

우리가 처음 독일에 도착했을 때 계절은 여름이었다. 독일에 먼저 가 있던 남편이 "여름 옷 없어도 될 정도로 선선하다"고 했는데, 정말이었다. 여름이라고는 하지만, 대부분이 25도 아래로 선선했다. 그해 한국 여름은 특히 무더웠기에, 천국 같은 여름이라는 생각이 들었다.

실제 독일은 기온이 섭씨 30도 이상으로 올라가는 날이 5~6일 정도에 불과하다. 손에 꼽을 정도로 더운 날이 얼마 되지 않는 것이다. 대부분 독일 가정에는 에어컨도 없다. 선풍기가 없는 곳도 많다.

처음 이 얘기를 듣고선 "선풍기 없이 여름에 어떻게 사느냐"라고 했던 우리도, 실제 에어컨은 커녕 선풍기 없이 여름을 잘 보냈다.(물론 올해 서유럽은 유례없는 폭염을 맞이해 독일과 아프리카를 합친 독프리카란 말까지 나왔으니, 예외도 있겠다.)

대신 사람들이 공통되게 하는 말이 있었다. '겨울은 정말 지독하다'는 것이었다. 우리 부부는 이 말을 독일의 겨울이 엄청 춥다는 것으로 알아들었다. 한국에서부터 전기장판, 수면양말, 두툼한 패딩 등 각종 방한용품을 바리바리 싸 갔다. 실제 도착한 독일의 여름이 한국의 가을 정도로 시원하다 보니, 겨울 추위에 대한 공포가 한층 더 진지하게 다가왔다.

실제 8월을 지나 9, 10월에 접어드니 우리네 가을보다 훨씬 썰렁하다. 11월이 되니 벌써 초겨울처럼 느껴진다. 그런데…. 그뿐이다. 12월이 지나도 여전히 그저 초겨울처럼 느껴진다. 바리바리 싸 온 방한용품이 무색할 정도로, 서울에서 느낄 수 있는 뼛속까지 찬 공기, '한파'가 느껴지지 않는다.

그제야 우리는 알았다. 베를린의 겨울은 기온

으로 알 수가 없다는 것을. 12월이라고 해도 서울처럼 영하 10도 이하로 떨어지는 날은 드물고, 영상을 유지하는 날도 꽤 있었다. 눈이 내리는 날도 많지 않았다.

대신 독일의 겨울을 알리는 건 햇빛이었다. 원래 겨울로 갈수록 해가 짧아지는 건 당연하다지만, 독일은 정말 해가 '너무한다' 싶게 짧았다.

독일의 겨울과 여름 해 길이 차이는, 한국의 여름과 겨울 기온 차이만큼이나 크다. 12월이 되니, 어느 날엔 오전 8시가 다 돼서야 해가 뜨고선 오후 3시 30분이면 해가 졌다. 이 시간마저도 쨍쨍한 해가 뜨는 게 아니라, 비 오는 날 한국 오후처럼 해가 떠 있다. 하늘에서 내려오는 얇은 빛으로 겨우 '해가 어딘가에는 떠 있나 보네' 하는 식이다.

가끔 한국의 부모님과 야외에서 영상통화를 할 때면 "깜깜한 밤에 애 데리고 어딜 그렇게 나가느냐"라고 하셨다. 겨우 오후 4시였는데 말이다.

해가 없는 일상이 이렇게 우울한 일이라는 것을 그전엔 미처 몰랐다. 독일의 우울한 날씨 때문에 철학자가 많이 나왔다는 소리가 정말 맞겠구나 싶었다.

실제 독일에선 겨울철 우울증 환자가 증가하고, 이에 따른 대처법이 지역신문에 자주 실린다. 잡지에선 햇볕 쬐기 좋은 장소 순위를 소개해준다. 소아과 선생님은 아이에게 비타민D를 처방해주셨다. 비타민D는 햇빛을 많이 쬐야 생성되는 비타민으로, 독일에선 결핍되기 쉽다. 물론 어른들도 먹어야 한다.

이런 계절적 특성 때문에 독일을 포함한 유럽 국가 대부분은 '서머타임제'를 운영한다. 해가 길게 떠 있는 여름에 한 시간 당겨 생활한 뒤, 해가 없어지는 겨울에 다시 이를 돌려놓는 것이다. 보통 4월 초부터 서머타임제를 시작해, 11월에 이를 해지한다.

처음 서머타임제를 겪을 땐 약간의 낭만이 느껴지기도 했다. 핸드폰이나 노트북 같은 전자기기는 자동으로 바뀐 시간이 반영되지만, 집 안의 시계는 우리가 손수 시곗바늘을 돌려놔야 한다.

그러나 처음 맞이한 서머타임제의 낭만은 그리 오래 가지 않았다. 당시 우리 아이는 저녁 7시가 되기 전 잠에 들어 오전 6~7시에 기상하는 아침형 아이였다. 이제부터 어제와 같은 오전 6~7시에 일어나려면 한 시간을 더 잔 뒤 7~8시에 일어나야 한다. 어른이라면 이를 감안해서 일어나는 시간을 조정할 것이다.

그러나 아이가 서머타임이 뭔지, 시계가 뭔지 알 턱이 없다. 아이는 여전히 자신의 생체시계에만 맞춰 기상했다. 아이가 일어났기에 시계를 봤는데, 이제 겨우 오전 5시였다. 아이로서는 원래 일어나던 6시에 그대로 일어난 것이련만, 하루 만에 세상이 바뀐 것이다. 심지어 아이는 겨울이 되면서 활동량이 줄고, 햇볕도 많이 못 쬐면서 전체 수면량 자체도 30분에서 1시간 정도 줄어들었다. 그러다 보니 저녁 6시 반쯤 잠든 아이가 오전 4시 30분에 일어날 때도 있었다.

해도 뜨지 않는 겨울, 새벽 4시 반에 일어나는 건 정말이지 별 보고 학교 가 별 보고 집에 오던 고3 시절이나 경찰서에서 24시간을 보내던 수습기자 때보다 더 힘들었다.

오전 5시, 아이 우는 소리가 들리면 남편과 나는 서로 누가 먼저 일어날까 눈치를 보며 버티기를 했다. 물론 먼저 일어나는 건 고맙게도 항상 남편이었지만 말이다.

겨울에는 집 주변의 아이스크림 가게들도 슬슬 문을 닫았다. 긴 겨울 휴가를 떠나는 것이다. 독일을 떠나 남유럽으로 긴 휴가를 떠나는 가정도 많았다. 교회에서 '이번 주는 해가 뜬 날이 많아서 감사합니다' 하는 기도를 드리는 날이 많아졌다.

그렇지만 독일의 겨울이 지독하기만 한 건 아니다. 우리보다 더 지독한 겨울에서 오래 살았던 독일 사람들은 혹독한 겨울을 즐겁게 보내고자 다양한 장치를 일상 곳곳에 숨겨 놓았다.

'크리스마스 마켓'이 대표적이다. 크리스마스 마켓의 시초는 겨울을 나기 위한 방한용품 등을 거래하는 시장이었다는데, 지금은 크리스마스를 기념하는 대표적인 축제로 자리 잡았다. 12월에 들어서면 독일 곳곳이 거대한 크리스마스 트리로 변하는 느낌이다.

유럽 전역에서 이 크리스마스 마켓이 열린다지만, 독일에 살았던 사람의 자부심으로는 그 화려함이나 역사가 독일의 크리스마스 마켓에 비할 바가 못 된다고 생각한다. 드레스덴, 프랑크푸르트, 뮌헨 등 독일 전역에서 3,000개가량의 크리스마스 마켓이 열리는데, 특히 독일 남부 소도시 뉘른베르크에 위치한 크리스마스 마켓을 으뜸으로 친다.

1628년 시작된 뉘른베르크의 마켓에는 연간 200만 명이 찾아온다고 한다. 크리스마스 시즌이면, 뉘른베르크 프라우엔 교회를 중심으로 크리스마스를 주제로 한 200여 개 상점이 빼곡하게 들어선다.

크리스마스 마켓에선 감기에 특효약이라는 따뜻하게 끓인 와인(글루바인)을 마시고, 시나몬 롤, 독일식 소시지를 먹는다. 나무를 깎아 만든 크리스마스 장식품은 물론 크리스마스 트리로 사용할 수 있는 생나무도 이 시기 시장에 속속 등장한다.

크리스마스 마켓을 즐기고 나면, 이제 곳곳에서 새해맞이 축제가 열린다. 특히 해가 바뀌는 12월 31일 밤부터 1월 1일 새벽까지는 평소 가게에서 음악도 크게 틀지 않는 독일에서, '어디 전쟁 났나' 싶을 정도의 크고 화려한 불꽃이 팡팡 터진다.

그러고 보면 어느새 슬슬 휴가 떠났던 아이스크림 가게가 문을 열고 있다. 해도 조금씩 길어지는 느낌이다. 다시 봄이 시작되고 있다는 뜻이다.

오후 3시 반이 러시아워인 나라

어느 겨울 날, 베를린 우리 집으로 오후 4시에 손님이 오기로 했다. 약속 시간을 조금 지나 도착한 손님은 사과의 말을 건넸다. "퇴근 시간이라 차가 너무 막혀서요. 죄송합니다. 어찌나 버스 안에 사람이 많던지, 비는 좌석이 없는데 짐은 무거워서 혼났네요."

네네, 하면서도 듣고 보니 조금 이상한 생각이 든다. 평일 오후 4시가 러시아워라니. 그동안 베를린에선 딱히 출퇴근할 일이 없어, 출퇴근 러시아워에 대해선 까맣게 잊고 살았다. 아무리 그렇다고 해도 평일 오후 4시에 차가 막혀 늦었다니…. 너무 성의 없는 해명이 아닌가 싶은 순간, '아' 하고 이해가는 풍경이 있다.

오후 4시 반부터 우리 동네 놀이터를 가득 메운 아빠들이다. 그때까지만 해도 우리 아이는 어린이집을 따로 다니지 않았기에, 하루 두세 차례 놀이터에 나가 노는 것이 주요 일과였다. 독일 놀이터는 시간마다 찾아오는 손님들이 조금 다른데, 먼저 오전 11시에는 어린이집 아이들이 선생님들과 함께 다 같이 온다. 오전 9시쯤 등교한 아이들이 간단히 실내 활동을 한 후, 놀이터로 나오는 것이다. 공공 놀이터기에 우리 아이도 어린이집 아이들 틈에서 한참을 같이 논다. 그러다 점심을 먹으러 아이들이 떠나면, 우리 아이도 조금 더 놀다 점심 먹고 낮잠 자러 들어간다. 그리고 다시 놀이터로 향하는 시간이 오후 4시 반이다.

이때부터는 놀이터를 찾는 손님들이 완전히 달라진다. 10명 중 6명 정도가 아빠와 함께 오는 아이들이다. 아빠와 함께 온 아이들은 노는 모습부터가 다르다. 공을 찰 때도 더 뻥뻥 차고, 놀이기구에 매달리는 것도 아빠가 봐줄 때는 조금 더 과감하게 매달린다. 그네도 하늘 끝까지 더 씽씽 타고, 모래사장 깊숙이 흙을 판다. 이를 도와주는 아빠가 있기 때문이다. 아이들이 아빠를 좋아하는 데는 이유가 있구나 싶다.

그동안은 이런 아빠들을 보면서도 '독일 아빠들이 역시 달라' 정도로만 생각했지, 퇴근 시간에 대해서는 생각해보지 않았다. 그런데 생각해보면 이런 아빠들이 오후 4시 반에 놀이터로 헤쳐 모여 하려면, 적어도 4시쯤에는 도로 위에서 부리나케 집으로 달려야 하는 것이다. 오후 4시에 차가 막히는 이유가 있다.

이게 가능한 배경에는 독일의 유연한 근무제도와 효율적인 근로시간이 있다. 독일의 법정 근로시간은(2018년 기준) 주당 40시간이다. 일주일에 5일을 일한다고 했을 때, 오전 8시에 출근해 오후 4시에 퇴근하는 것이다. 대신 점심시간이 굉장히 간결하고, 업무 시간에 집중해서 일한다. 독일 회사원들은 점심의 경우 간단히 샌드위치만 먹으며 업무를 보고, 저녁은 가족과 함께 푸짐하게 즐기는 경우가 일반적이다.

사실 이것도 굉장히 평균적인 얘기다. 실제로는 기업과 근로자의 자율 협상에 따라, 더 다양한 근로 모델들이 있다. 예를 들어 독일인들은 해가 뜨는 시간이 긴 여름에, 일을 조금 더 많이 한 다음, 이때 한 근무 시간을 적립해 해가 짧고 우중충한 겨울에 남유럽 등으로 긴 휴가를 떠나는 경우도 많다.

유연한 근무시스템은 가족 친화적인 문화를 낳는다. 한국처럼 업무가 끝난 뒤 1차, 2차로 이어지는 회식 문화는 거의 없다. 가끔 세계 주류 소비량을 보면 한국과 독일이 상위권에 들어가는데, 오해하지 말아야 할 것이 있다. 독일 사람들은 술을 좋아하고 많이 마시지만, 독한 술을 짧은 시간에 즐기지는 않는다. 기분 좋은 수준에서만 적당히 곁들여 먹는 음료 문화에 오히려 가깝다.

차가 밀려 늦었다는 지인의 말을 수용했다. 다음부터는 러시아워를 피해 오후 2시에 만나기로 약속을 정했다.

독일어는 왜 배우는 거야

아직도 기억이 생생하다. 고등학교 2학년 독일어 수업시간, 다이어리 한편에 나는 이런 글을 적고 있었다. '독일어를 배워야 할 이유가 아무리 생각해도 없는 것 같다. 왜 독일어를 배워야 하는지 누가 좀 알려주면 좋겠다.'

당시 나는 외국어 고등학교에 다니고 있었다. 외국어 고등학교와 입시의 관계 등에 대해서는 잘 모르겠지만, 그냥 영어가 좋아서 친구를 따라 시험을 봤다가 합격했다. 당시 외국어 고등학교는 입학시험 순서대로 자신이 지망하는 학과에 우선 배정했는데, 대부분 아이들의 1순위는 중국어과였다. 나 역시 중국어과, 일본어과, 독일어과, 프랑스어과 순으로 지망 학과를 썼다. 그리고 독일어과에 들어갔다. 외고에 합격은 했지만, 중국어과에 갈 정도의 시험성적은 아니었던 것이다.

물론 독일어과 내에는 나와 달리 독일어에 특별한 꿈을 가지고 오는 학생들도 있었다. 중국어과를 가고도 남을 성적인데 독일어과에 온 학생들이다. 주로 법학에 진로를 둔 친구들이 많았다. 국내법의 경우 독일법을 토대로 만들어진 경우가 많아, 장차 법 공부할 때 독일어를 배워두면 도움이 되겠다고 본 것이다.

그러나 나는 그때까지만 해도 독일이란 나라, 그 나라가 쓰는 언어에 대한 관심이 전혀 없었다. 수업시간에 독일어를 쓰는 나라들에 대해 배우면서, 이 특이한(?) 언어를 쓰는 나라가 뭐 이렇게 많은가 하고 놀랄 지경이었다. '네덜란드, 스위스, 오스트리아….' 지금 생각하면 너무나 매력적인 도시들이지만, 그때만 해도 내게 저 나라들은 절대 갈 일 없는 곳처럼 느껴졌다.(나는 저 나라들을 업무 등의 목적으로 지금까지 한 번 이상씩 모두 가게 되었다.)

'내가 일생을 살면서 저 나라들을 한 번이라도 가게 될까?' '가더라도 영어만 쓰면 요즘엔 다 통하지 않을까?' 하는 생각들만 머릿속에 가득했다. 실제 가보니 영어는 통했지만, 때론 손짓 발짓으로 주문해야 하는 경우도 있었다.

미래의 이런 상황을 알 리가 없는 그때의 나는, 일반 고등학교의 수학 수업 시수만큼이나 많고도 다양한 독일어 수업들(독일어 회화, 독일어 문법, 독일어 독해)이 무의미하게만 느껴졌다. 그러다 어느 날 수업시간, 다이어리에 다소 건방지고, 반항적인 글을 끼적이기에 이른 것이다.

실제 고등학교를 졸업하면서 독일어와의 인연은 정말 다시 볼 일 없는 것처럼 여겨졌다. 영어 시험을 준비하고, 영어권 국가로 교환학생을 가고, 영어 면접을 준비하면서 한국에서의 외국어는 마치 영어가 전부인 것만 같은 시간을 보냈다.

그러다 11년 만에 독일어를 왜 배워야 하는지에 대한 응답을 듣게 된 것이다. 남편의 독일 베를린 발령이다.

독일로 떠나기 몇 개월 전이다. 새벽 2시까지 야근을 하고, 집으로 돌아오는 택시 안에서 이어

폰을 꽂고 독일어 회화 강의를 들으며 고등학교 독일어 시간 생각을 했다. 'der des dem den'과 같이 암기로 달달 외운 문법들이 11년이 지나도 잊혀 지지 않았다는 사실에, 새삼 주입식 교육에 감사하는 마음이 들었다. 수업시간에 독일이란 나라에 대해 간간히 해주던 선생님들의 얘기들이 이제야 재밌게 느껴졌다. 그러면서 누구나 하는 후회를 다시금 했다.

'아, 그때 조금만 더 열심히 할걸….'

베를린 아이들의 외식 비결

베를린에서 여름이 다가오는 것은 야외에서 식사하는 사람들의 수를 보면 알 수 있다. 조금이라도 기온이 오른 날이면, 다들 어김없이 야외 테라스에 나와 식사를 즐기고 있다.

남편, 아이와 함께 산책을 가던 길이었다. 이날도 노천 식당에 많은 사람들이 나와 식사를 즐기고 있었다. 날이 좋았다. 그중 한 가족이 우리 눈길을 끌었다. 우리 아이 또래의 남자 아이가 아기 의자에 앉아서 부모와 함께 의젓하게 메뉴판을 보고 있었다. 아마 16개월쯤 된 것 같다.

그리고 별생각 없이 공원에서 30분 정도 가볍

게 산책을 하고 다시 집으로 돌아오는데, 그 아이가 여전히 같은 자리에 앉아 밥을 다 먹고 디저트를 즐기고 있다. 그 가족의 테이블 위에는 유튜브 동영상이 나오는 핸드폰도 없는데 말이다.

산책길에 만난 그 가족을 본 뒤로 우리 부부는 적잖은 충격을 받았다. 당시 우리 아이는 혼자 아기 식탁에 앉아서 밥을 먹기는 했지만, 그 인내심이 오래가지 않았다. 어른들이 밥을 다 먹을 때까지 아이가 얌전히 함께 자리를 지키고 있다는 건 거의 기적에 가깝게 느껴졌다. 그 아이만 성향이 유독 얌전한 건지, 아니면 독일은 대부분의 아이들이 그런 것인지가 궁금했다.

그런데 알고 보니 베를린에서 그런 모습을 보는 건 그리 어려운 일이 아니었다. 그 아이뿐 아니라 아주 많은 아이들이 식당에서 당당하게 한 자리를 차지하고 밥을 먹고 있었다. 대체로 얌전하게. 물론 핸드폰도 틀어놓지 않은 채 말이다.

기자 정신을 발휘해, 몇몇 부모에게 이 인내심의 비결을 물어보았다. 그런데 대부분의 가정이 특별하게 비결로 꼽는 게 없었다. "그냥 평소 집에서 하듯이 한다." "항상 그래왔다."라는 게 이들의 대답이었다.

역으로 생각해보면 이 말에 힌트가 숨어 있다. 독일 아이들은 집에서도 이렇게 밥을 먹어 왔던 것이다. 어른들과 함께 자리에 앉아서 천천히.

아이들이 어른들과 같은 높이의 식탁에 앉아 밥을 먹으려면 상당한 높이의 의자에 앉아야 한다. 자연스럽게 아이들이 돌아다니면서 밥을 먹을 수 없게 된다. 부모들도 우리나라처럼 쫓아다니면서 밥을 먹일 수가 없다. 그러다 보니 아이들이 자연스럽게 앉아서 밥을 먹는 습관이 든 것이다. 집에서는 엄마가 밥그릇을 들고 쫓아다니면서 먹였는데, 밖에 나가서 갑자기 의젓하게 앉아 혼자 먹을 수는 없다.

우리나라처럼 밥-국-반찬 문화가 아니다 보니 스스로 먹는 난이도가 더 쉽다. 빵에 계란 물을 입혀 만든 토스트를 주거나, 파스타처럼 한 그릇 식사를 하는 경우가 많다. 물론 아이들이 흘리는 것, 많이 못 먹는 것 등에 대해 부모가 인내를 가지고 지켜봐 줘야 한다.

가족들이 함께 먹는 식사 시간도 중요하다. 아이들은 다른 사람과 같이 밥을 먹을 때 훨씬 음식을 잘 먹는다. 엄마 아빠가 먹는 음식을 호기심 있게 보고, 그걸 따라 먹기도 한다.

우리 아이는 아주 어릴 때부터 셀러리를 생으로 먹었다. 남편이 꾸준하게 생셀러리를 먹었는데, 이를 본 아이가 권하지 않았음에도 자연스럽게 생야채를 즐기게 되었다.

독일에 와서 처음에 놀랐던 것 중 하나는 아이의 음식에 대한 커트라인이 상당히 낮다는 것이다. 예를 들어 한국에서 유아 이유식을 할 때는 유기농 채끝등심, 유기농 야채, 유기농 쌀 등 최고급 재료들을 이용해 부모가 직접 정성스럽게 만들어 주는 것이 정석으로 통한다. 그렇게 하지 못하는 부모는 죄책감을 가질 때도 있다. 어쩔 수 없이 아이와 함께하는 외식은 힘들고, 제약이 많다.

그런데 독일 부모들은 그냥 감자튀김도 주고, 심지어 케첩도 찍어 먹게 한다. 피자도 같이 먹는다. 대부분의 부모가 하는 말이 "아이가 씹을 수 있게 된 이후에는 특별하게 맵지만 않으면 웬만한 음식은 다 허용한다."라고 했다. 외식을 할 때도 음식에 크게 제약을 두지 않고 부모와 아이가 웬만하면 함께 음식을 즐기는 모습을 많이 볼 수 있다.

물론 아이들의 나이대에 맞는 인내심을 인정해줘야 한다. 스마트폰 동영상은 틀어주지 않지만, 아이가 평소 잘 가지고 노는 장난감, 책, 그림 그리기 도구 등을 구비해서 가져오는 가정이 많다.

당연히 식당에서도 아기 손님들을 한 명의 손님으로 인정해준다. 대부분의 식당이 아기 의자를 갖추고 있고, 그림 그리기 도구나 자체 장난감 등을 갖추고 있다. 그러면 아이들은 평소 집에서 하던 대로 부모와 함께 느긋하게 밥을 먹는다.

한국 음식 매일 먹으니 좋겠다

주변 사람들은 내가 베를린에서 지내고 있다고 하면 “부럽다.”라는 말을 먼저 한다. 나 역시도 베를린에 살았던 내가 부러울 때가 있다.

일단 한국이 아니면 다 좋을 것 같다. 일상에서 벗어나 새로운 공간에 간다면, 그것만으로 기분전환이 될 것 같다. 헬조선까지는 아니지만, 미세먼지도 마시고 싶지 않고, 일반 도로는 물론이거니와 횡단보도임에도 일단 차머리부터 들이미는 운전자들도 그만 만나고 싶다. 상명하복식의 조직문화도 싫고, 40시간은커녕 52시간도 지켜지기 어려운 근무환경도 지친다. 문득문득 한국을 나가는 것만이 답일 것 같은 순간들이 온다. 외국은 뭔가 멋질 것 같고, 외국인들은 다 매너 있을 것 같고, 한국을 떠나는 것만이 답일 것 같다는 생각….

베를린에 있을 때 한국 음식이 먹고 싶으면 종종 가는 베트남 식당이 있었다. 아시아 식당이지만, 대부분의 손님은 독일 현지인들이다.

보통 베를린을 얘기할 때 국제도시이며, 개방적이란 얘기를 많이 한다. 실제 도시 곳곳에서 이를 확인할 수 있다. 세계화를 등급으로 매긴다면, 베를린은 아시아 식당에 독일인들이 많이 찾아온다고 신기해할 정도를 넘어섰다. 영어를 잘하는 것은 물론이거니와 타 문화에 개방적이고, 적극적이다. 한국 식당에 가면 한국인보다 독일인이 더 많고, 이들은 젓가락질도 잘한다. 독일화한 퓨전 음식을 먹는 게 아니라, 정도의 차이가 있긴 하지만, 정말로 우리식 칼국수를 먹고, 비빔밥을 쓱쓱 잘 비벼 먹는다. 이들이 즐겨 먹는 한식이 실제 한국 사람 입맛에도 잘 맞는다.

나는 베를린에서만큼은 인종차별을 느낀 적이 거의 없다. 대부분 외국 생활에서는 크건 작건

이를 느끼기 마련이다. 몇 년 전 미국에서 잠깐 공부할 때는 나의 피부색을 빗대 '옐로우 멍키'라고 하는 미국인들이 있었다. 식당에서는 매번 화장실 앞자리로만 안내를 받았고, 월마트에서는 나를 졸졸 따라다니는 점원도 있었다. 혹시라도 물건을 훔칠까 봐 지켜본 것이다.

이는 1, 2차 세계대전과 나치의 유대인 탄압 등을 겪은 독일의 특수성에 기인한 것일 수 있다. 독일은 인종 차별 등에 대해 법적으로 강한 제재 수단을 두고 있다. 이 때문에 독일에 오래 산 사람 중에는 처음에는 알지 못하는 '은근한 차별'이 있다고 하는 경우도 많다.

최근에는 난민 유입 등으로 독일도 사회 상황이 변하면서, 소득 수준이 낮은 옛 동독 도시에서는 외국인에 대한 차별이 보고되는 곳도 있다. 동독 시절 가졌던 외국인에 대한 폐쇄적인 태도에 더해, 최근 외국인들이 일자리를 많이 가져갔다는 오해까지 더해져 생긴 일이다.

그러나 베를린에서는 돈이 있어 보이는 행색이든 아니든 항상 정당한 대접을 받았다. 베를린 사람들을 보면 영어 쓰는 것을 기꺼워한다는 느낌이 든다. 베를린의 유명한 음식이 무엇이냐고 묻는다면 '케밥'과 '쌀국수'라고 답한다는 얘기처럼 세계 곳곳의 음식이 베를린을 대표한다.

이날도 남편과 아이와 함께 쌀국수를 먹고 있는데, 옆 테이블에 젊은 독일 여성 두 명이 각각 아이를 데리고 식당을 찾았다.

아기 엄마들은 으레 아기가 있단 이유만으로 금세 친해진다. 우리는 아이가 몇 개월이냐, 국수를 잘 먹느냐 등의 얘기를 하며 어느새 한 테이블처럼 식사를 했다. 당시 우리 아이는 쌀국수 면만 건져 먹었는데, 우리 아이보다 어린 아기들이 쌀국수 국물까지 꿀떡꿀떡 마시는 모습이 어찌나 귀엽던지…. 대학교 1학년 때 쌀국수 국물을 처음 먹고 충격을 받았던 나에 비하면, 이 독일 아기들은 진정한 세계 시민이다.

우리가 한국인이라는 것을 안, 이 엄마들은 '우리가 느끼기에 이 식당이 어떤지'를 물었다. 우리가 외국인들이면 다 피자, 햄버거를 먹는다고 생각하는 것처럼, 이 엄마들도 뭔가 아시아 사람이 아시아 음식을 더 잘 평가하리라고 생각했나 보다. 실제 우리 가족은 이 식당을 꽤 좋아했으므로, 우리 기준에서는 훌륭하다고 답해주었다. 그랬더니 급기야 자신들이 가본 한국 식당 이름들을 얘기하면서 '이곳들은 어떤지도 평가해줄 수 있겠느냐'고 묻는다.

내가 한식을 만든 사람이 아닌데도 괜히 으쓱한 마음이 들어 열심히 설명을 해주었다. "응 그곳은 너무 현지화됐고, 진짜 한국 음식과는 거리가 멀어." "차라리 A식당보다는 B식당이 나아." 심지어는 우리가 안 가본 식당도 있었다. 평가를 해주고 식당을 나서려는데, 이 엄마들이 또 묻는다.

"너네는 평소에 한국 음식 집에서 해 먹어?"

"응. 베를린에서 사 먹으려면 비싸고 멀어서."

그러자 이 엄마들이 이구동성으로 이렇게 말한다.

"한국 음식 매일 집에서 해 먹으니 한국인들은 너무 좋겠다."

우리를 놀리는 말도 아니었고, 특별하게 예의를 차려서 하는 말도 아니었다. 한국 음식이 맛있는데, 식재료 구해서 해 먹기도 어렵고 매번 식당에 가자니 번거로워서 우리가 정말 부럽다는 것이다.

그 말을 듣는데 멋쩍은 기분이 들었다. 멋진 애인을 옆에 두고도 다른 사람을 쳐다보다 들킨 기분이었다.

처음 독일에 왔을 때, 그 사람들의 말을 나도 느꼈었다. 마트에서 원하는 식재료를 실컷 살 수 있던 한국의 내가 얼마나 부러웠는지 모른다. 이곳에선 찌개에 밥숟갈 반만큼 넣을 다진 마늘을 얻기 위해 마늘을 한 접 산 뒤 껍질을 까서, 직접 다져야 한다. 어쩌면 우리는 우리 가까이에 있는 장점을 보지 못하고, 너무 먼 곳만 부러워하며 살아가는지 모른다. 적어도 한국 사람들은 매일 한국 음식을 집에서 해 먹을 수 있는데 말이다.

날마다 잘 자는 아이

누군가 내게 '베를린 생활을 하는 데 가장 중요한 게 무엇이었느냐'고 묻는다면, 주저 않고 답하겠다. '잠을 잘 자는 우리 아이'라고. 양가에서 아무도 도움을 줄 수 없고, 대체 인력을 구할 수도 없는, 정말 그야말로 타국에서의 독박육아에서 가장 큰 도움을 준 사람은 아이 그 자체였다.

잠이 들 때도 부모가 옆에서 토닥이거나, 함께 자거나 할 필요가 없다. 아이를 자신의 방 침대에 눕히고 우리만의 수면 의식을 한 뒤 인사를 하고 나오는 게 전부였다. 뿐만 아니라 어디서든 가리지 않고 잘 잤다. 유모차에서도, 카시트에서도, 낮선 여행지에서도. 이 덕분에 베를린에서 나는 매일 12시간은 아이 엄마로 살았지만, 나머지 12시간은 '나'로 살았다.

우리 아이가 처음부터 잘 잤던 것은 아니다. 우리 아이의 5개월 때 별명은 '찡찡이'였다. 아이가 하도 찡찡거려 친정아버지가 지어주신 별명이다. 아이는 생후 100일이 지나고 내가 직장에 복귀하면서, 자신의 외조부모를 따라 부산으로 내려갔다. 우리는 1주일에 한 번, 일이 많은 땐 2주일에 한 번 아이를 보러 부산에 내려갔다. 아이가 잘 자고 있는지, 수면 습관이 어떤지 등을 신경 쓸 겨를이 없었다. 그저 무조건 예쁘고 귀했고, 아이돌 팬처럼 아이를 따라다니며 만져보고 사진 찍기 바빴다.

친정어머니는 저녁을 드시다가도 앵-하며 우는 아이 소리에 방으로 부리나케 달려가시고, 식구들과 다과를 나누거나, 저녁 10시 드라마를 보다가도, 식구들이 모두 잠자리에 들었을 때도, 아이의 앵-하는 호출에 24시간 대기조처럼 반응하며 달려가셨다. 아이가 밤새 열댓 번도 넘게 깨며 잠을 못 잤다는 이야기다.

친정어머니는 날이 갈수록 피폐해지셨다. 흰 머리가 급격하게 늘었고 피부가 가뭄에 갈라지는 논처럼 푸석푸석해졌다. 더 충격적인 것은 아이의 영유아 검진 결과였다. 태어날 당시 3.56킬로그램에 상위 10퍼센트 안에 드는 키로 태어났던 아이는 몸무게만 늘고 키가 거의 자라지 않았다. 아이의 키 분포가 하위 10퍼센트에 속해 있었다. 하위 분포에는 이른둥이나 아이보다 몸집이 작게 태어난 아이들이 대부분이었다.

더군다나 당시 친정어머니는 '아이가 배고파서 잠을 잘 못 자는 것 같다'며 밤 수유도 2~3시간 간격으로 계속하셨다. 거의 하루 종일 먹는 아이가 체중만 늘고 키는 거의 자라지 않았다는데 우리 부부는 더 놀랐다. 이대로 방관자처럼 지낼 순 없다는 결심이 섰다. 우리의 첫 번째 목표는 '아이의 잠'이었다.

남편과 함께 온갖 육아서적과 강의, 해외 논문까지 뒤져가며 아이의 잠에 대해 공부했다. 놀랍게도 우리가 고민한 모든 문제가 잠과 연관돼 있었다. 생후 5개월 이후에는 밤 수유를 하는 것이 오히려 아이의 잠을 방해한다는 것, 잠을 잘 자지 못하면 아이가 예민해져 육아하기가 더 어렵다는 것, 잠을 잘 못 자는 아이는 키가 크지 않는다는 것. 아이의 잠이란 단추가 한 번 잘못 꿰지면 그 뒤에 다른 문제가 줄줄이 사탕처럼 달려 올라왔다. 그다음 과제는 당연히 그렇다면 어떻게 하면 아이를 잘 재우느냐, 하는 것이었다.

일단, 밤 수유를 과감하게 끊기로 했다. 이미 그 무렵 아이는 우리에게 신호를 보내고 있었다. 밤에 분유를 10밀리리터 이상을 먹지 않았다. 먹는 시늉만 좀 하다가 우유를 다 남겼다. 우유를 먹다가 짜증을 내며 울었다. 잠을 제대로 못 자서 운 것인데, 무작정 배고픈 줄 알고 우유를 먹이니 아이가 짜증이 나 울었던 것이다. 자기 전 마지막 수유를 더 든든하게 하기로 하고, 밤 수유를 하지 않았다. 또 아이는 혼자 재우기로 했다. 지금까지는 친정어머니가 아이 방에 들어가 아이 옆에 쭈그리고 누워 울 때마다 밤새 토닥이고 쉬쉬 소리를 냈다. 이 소리나 행동이 오히려 아이의 잠을 더 방해하고 있다는 결론을 내렸다. 무엇보다 이런 행동은 아이가 혼자 자는 법을 터득하지 못하게 했다. 토닥이는 손길에 잠이 들었던 아이는 얕은 수면에서 깼을 때 또 누군가 토닥여주기를 바란다. 아이가 잘 때 수면환경이 중간에 깼을 때의 환경과 동일해야 아이가 중간에 깨서 달라진 환경에 울지 않는다.

잠자는 시간도 규칙적으로 정했다. 오후 7시를 넘기지 않는 것이다. 연령마다 다르지만 만 3세 이하의 아이들은 오후 8시 이전에 자는 것이 좋다고 한다. 오후 7시를 기준으로 정하고, 오후 6시부터 밥 먹고 목욕하고 불을 어둡게 끄고, 자장가를 틀어주는 식으로 우리만의 '수면 의식'을 준비했다. 아이에게 곧 잘 시간이며, 매일 이 시간이면 잔다는 동일한 시그널을 주는 것이다. 낮잠시간도 철저하게 정했다. 밤에 잠자는 시간을 고려해 오후 4시 이후에는 절대 낮잠을 재우지 않았다.

그 결과는 놀라웠다.

날마다 잘 자는 아이2

아이를 재울 때 우리 부부는 나름의 원칙을 정했다. 첫 번째는 정해진 시간에 아이를 재우는 것이다. 물론 아이가 기계가 아니니 오차범위가 있다. '매일 오후 7시 57분에 재운다' 이런 목표는 세울 수 없다. 아이의 컨디션에 따라 오후 6시 30분에서 오후 7시 30분에는 재운다는 것이 우리가 세운 원칙이다. 아무리 변수가 많아도 적어도 저녁 8시 이전에는 꼭 재우려고 했다. 세 돌 이전에는 오후 8시 전에 자야 성장 호르몬이 충분히 나와 아이의 성장을 돕고, 더 숙면할 수 있다는 수면 전문가들의 조언을 고려했다.

이를 위해선 오후 6시가 넘어가면 '곧 잘 시간'이라는 시그널을 확실하게 줬다. 저녁을 먹고 목욕을 하고 나면 불을 꺼서 어두침침한 상태로 만들었다. 아이가 예방접종 했을 때 등을 제외하고는 매일 이 패턴을 유지했다. 따뜻한 물에서 목욕을 하고 나면 아이는 몸이 노곤해져 탕 속에서 눈을 비비거나 하품을 하는 일이 많았다.

그런 상태에서 불이 어두컴컴한 거실로 아이를 데리고 나와, 로션을 발라주며 기본적인 베이비 마사지를 해주었다. 그다음으로는 자장가 사운드 북을 들려주었다. 보통 30초 정도 되는 자장가를 다섯 곡 정도 들려줬다.(가끔은 자장가를 듣다 말고 아이가 먼저 꾸벅꾸벅 조는 일도 있었다.) 그다음 남편이 "이제 자러 가자." 하고 아이에게 말하면 아이는 잘 시간인 것을 알고, 울지 않고 남편에게 그대로 안겼다. 나는 아빠에게 안긴 아이를 향해 "잘자."라고 인사해준다. 남편은 아이를 자신의 방으로 데려가 침대에 눕힌 다음, 조용히 아이 방문을 닫고 밖으로 나왔다.

아이가 자다가 새벽에 깨 울더라도 방문을 바로 열고 들어가지 않았다. 이를 위해선 첫 번째로 아이의 수면공간을 100퍼센트 안전하게 만들어야 했다. 아이 방은 아이 침대를 제외하고는 모든 가구와 물건을 제거했다. 침대 주변은 단단하지만 푹신한 범퍼로 둘러주어 낙상의 위험도 사전에 차단했다. 아이가 울면 최소 5분은 기다리고자 했다. 부모가 아이 울음소리 5분 기다리는 것은 정말 고난이도다. 내가 이를 못 참고 아이 방에 들어가려고 하면 남편이 나를, 남편이 들어가려고 하면 내가 남편을 잠시 제지하며 5분을 참았다. 부부가 함께 공감하는 게 무엇보다 중요하다. 대체로 5분이 안 돼 아이가 스스로 진정하고 자는 경우가 많았다. 가끔 이때를 못 참고 아이 방문을 벌컥 열고 들어가면 오히려 아이의 수면을 더 방해하는 경우가 많았다. 아이가 잠투정에 힘들어하며 다시 잠이 드는 데 1시간 넘게 드는 모습을 보면, 다음부터는 조금 힘들어도 5분이 참아졌다.

어떤 상황에서도 비슷한 환경을 유지하려고 노력했다. 아이와 여행을 갈 때면 아이가 평소 깔고 자는 이불과 덮고 자는 이불을 반드시 챙겼다. 호텔 측에 양해를 구해 가구 배치를 옮겨서라도 평소 아이가 자던 공간과 최대한 비슷하게 꾸미고자 했다.

여행을 가서도 수면 시간과 수면 의식은 동일하게 진행했다. 가끔 욕조가 없을 때는 샤워를 하면서 아이에게 말로 이를 설명했다. 물론 아이는 아직 말도 못할 때였지만, 아이가 이해하고 있다고 믿었다.

"오늘은 여행을 와서 욕조에서 목욕을 못하지만, 이 샤워가 끝나면 똑같이 우리는 불 끄고 자는 거야."

또 이동시간은 아이 낮잠 시간에 맞춰 정했다. 여행을 가서도 아이의 패턴은 흐트러지지 않았다. 아이는 날마다 어디서든 잘 잤다.

가족 모두가 100점이 되는 육아

베를린은 내게 고마운 곳이다. 세 살 버릇 여든 간다는 말이 있듯, 육아 1년차 때 베를린에서 배운 버릇들은 내게 여전히 많은 영향을 주고 있다. 우리 아이는 웬만해선 항생제를 쓰지 않으며, 최대한 바깥에서 뛰어노는 것을 1원칙으로 한다.

무엇보다 내게 많은 영향을 준 건 육아 전반을 대하는 태도다. 가족 모두의 점수가 높은 육아가 돼야 한다는 것이다. 아이만 100점인 육아가 아니다.

아이를 낳기 전, 여러 육아 서적을 읽어보면 남편과의 관계에 대해 언급한 부분이 많았다. 한

마디로 소중한 아이가 태어났는데 부부 사이가 더 나빠진다는 것이다. 아이가 있으면 부부만의 시간을 가지기가 어렵고, 육체적으로도 주로 엄마가 아이와 함께 자면서 부부가 멀어진다는 게 이유였다.

아닐 것 같았는데, 아이를 낳고 보니 정말 그랬다. 부부의 삶에 아이가 가장 우선으로 등장하면서, 미처 배우자를 신경 쓸 새가 없다. 아이를 재우기 위해 부부 중 한 사람이 아이 방에서 자야 하고, 육아가 끝난 후에는 집안일을 해야 한다. 부부 두 사람의 시간이 급격하게 줄어드는 것이다.

베를린에서 배운 답은 어떤 상황에서든 가족 모두의 점수가 높은 방향을 택하는 것이다. 우리는 아이를 혼자 방에 따로 재우고 있었다. 양가 어른들의 반대가 극심했다. "나쁜 놈들"이라는 말까지 나왔다. 같이 잘 뿐 아니라 문자 그대로 아이를 '끼고' 자는 한국 사회 정서상으로는 절대 용납을 못하시는 일이었다.

아직 돌도 안 된 아이를 혼자 재울 때, 아이의 낙상을 방지하기 위해 침대 옆에 높은 범퍼가드를

둘러쳐 줄 때, 천사 같은 모습으로 잠에 빠진 아이를 볼 때 '그냥 아이 옆에서 같이 자고 싶다.'는 생각은 사실 내가 제일 많이 했다.

아이와 같이 잘 때와 따로 잘 때의 점수를 매겨봤다. 아이와 부모가 따로 잘 경우, 가족 전체의 만족 점수가 더 높았다. 먼저 아이다. 당장 부모가 옆에 있으면 아이가 더 잘 잘 것 같지만, 그렇지 않다. 아이는 혼자 잘 때 훨씬 잘 잔다. 아이도 부모의 코골이나 뒤척임 등에 방해를 받기 때문이다. 또 그냥 꿈을 꾸다 일어났을 뿐 다시 잠들려고 하는데, 엄마가 이 순간을 포착해서 말을 걸고 달래려고 한다면 이 또한 아이의 자연스러운 수면 흐름을 방해하는 행동이 될 수 있다.

부모 역시 마찬가지다. 당장은 소중한 아이를 옆에 두고 잔다는 행복감을 느낄 수 있겠지만, 곧 아이가 신경 쓰여 수면에 상당한 방해를 받게 된다. 또 대부분 이 시기 부모와 아이는 수면 시간이 서로 다르다. 부모는 아이의 살아 있는 '애착인형'이 돼, 옆에서 아이가 잘 때까지 자는 척을 하다가 '동작 그만'인 상태로 살금살금 빠져나와야 한다. 엄마 아빠만의 시간은 아이가 언제 자느냐에 따라

결정된다. 그 과정에서 혹여나 같이 잠들어버리거나, 나가는 인기척에 아이가 깨버리면 아예 부부만의 시간이 불가능해질 수도 있다.

물론 점수로 환산할 수 없는 상황도 있다. 아무리 아이가 잘 자도 절대로 아이 혼자 두고 외출하는 행동은 해선 안 된다. 아이가 중간에 깰 가능성이 1만분의 1이라고 해도, 그런 일이 생기면 모두의 점수가 0점이 될 것이기 때문이다.

이렇게 해보니 대부분은 아이의 점수가 높은 것이 가족 모두의 점수가 높은 방향인 경우가 많았다. 저녁밥을 하기 싫은 나는 저녁 7시에 외식을 하고 싶다. 아이는 그때 잠자야 할 시간이다. 식당에서 제대로 먹지도 못하고 잠투정을 부릴 것이다. 아이 입장에서는 0점이다. 남편은 우는 아이를 달래느라 제대로 밥도 못 먹을 것이다. 또 '집에서 간단히 먹으면 될 걸 왜 굳이 외식을 해서 아이를 힘들게 하느냐'고 속으로 나를 원망할 수 있다. 남편의 점수도 높지 않을 것이다. 나는 저녁밥을 안 해 기쁘고, 맛있는 음식을 먹어 100점이라도 가족 전체의 점수를 따졌을 땐, 집으로 가는 상황의 점수가 더 높은 것이다.

상황별로 가족 모두의 점수를 따지는 건, 얼핏 보기엔 한 사람이 희생하는 것 같아 보여도 결국 가족 모두에게 좋은 일로 돌아왔다. 아이의 점수만 생각해 따라주다가는 결국 엄마 아빠도 사람인지라 어느 한 지점에서 폭발하게 된다.

독립수면을 하면 엄마 아빠도 푹 자고, 육아 스트레스도 풀고, 재충전의 기회를 갖게 된다. 결국 다음 날 아이를 훨씬 기분 좋게 대할 수 있다. 궁극적으로는 또다시 우리 가족의 점수를 높이는 일이 되는 것이다.

독일에서 평소 남편과 나는 아이를 오후 7시쯤 재웠다. 아이가 잠들면 내가 요리를 하고 남편이 아이 빨래를 돌리고 집 정리를 한다. 오후 7시 30분쯤 같이 식사를 하며 오늘 있었던 일에 대해 얘기도 한다. 짧게 TV로 영화도 보고, 내일 계획도 세운다. 아이와 낮에 시간 보내는 일과는 다른 행복이 이 시간에 있다. 그러고서 우리 부부도 보통 밤 10시 전후로 잠자리에 든다. 낯선 타국에서 육아하는 부부의 유일한 체력 비법은 잘 자는 것이었다.

아이와 함께하는 유럽여행

유럽살이의 묘미라 한다면, 아무래도 자유롭게 다른 나라를 넘나들며 여행을 할 수 있다는 점일 것이다. 유럽연합이라는 하나의 공동체로 묶여 있는 유럽은 셍겐조약을 통해 유럽 국가 간에는 비자나 번거로운 입국 수속 없이 자유로운 왕래가 가능하고, 유로라는 단일 화폐를 사용한다. 각국을 오가는 저가 항공이 수시로 날아들고, 호스텔 같은 저가 숙박시설도 발달했다.

특히 베를린은 지리상으로도 유럽의 중심에 위치해, 유럽 어디든지 두 시간 이내로 다닐 수 있다. 폴란드나 체코, 오스트리아 같은 동유럽권은 자동차로 두세 시간이면 갈 수 있으며, 기차여행도 가능하다.

우리도 8개월, 10개월, 12개월, 14개월, 16개월 된 우리 아이와 유럽 각국을 여행했다. 이 말을 하면 아이가 없는 가정이나 미혼인 사람들은

"부럽다."라고 했지만,

아이가 있는 경우 정반대의 반응이 나왔다.

"아니 도대체 그걸 어떻게 했어."

아기 엄마들이 흔히 하는 얘기 중에 이런 말이 있다. 아이와 떠나는 곳은 어디든 다 똑같다. 아이 뒤치닥꺼리를 하다 보면 여기가 하와인지, 파리인지, 서울 우리 집인지 알 수가 없다는 것이다. 그만큼 아이와 함께 떠나는 여행이 힘들다는 말일 것이다.

우리도 아이와 떠나기 전 여러 시행착오를 겪었다. 요즘 젊은 사람 대부분이 그렇겠지만, 우리 부부도 여행을 좋아한다. 특히 그중에서도 나는 여행 계획 세우는 것이 좋아 여행을 갈 정도로, 사전 준비 과정을 좋아한다. 여행 가기 전 새로운 장소에 대해 공부하고, 가고 싶은 곳을 상상해보고, 설레는 마음으로 현지 식당 예약을 하는 것에서

기쁨을 느낀다. 한국어 사이트는 물론 구글 번역기를 돌려가며 현지 홈페이지를 통해 현지인들이 남기는 정보까지 챙긴다. 플랜 A는 물론 플랜 B, 플랜 C까지 짜고서 여행길에 나선다.

아이와 함께 여행을 하니 많은 게 달라졌다. 일단 '예약'이란 게 불가능하다. 아이는 예측이 불가능해서 아이다. 12시부터 배고프다는 아이에게 오후 1시에 식당 예약을 해놓았으니 참으라고 할 수는 없다. 또 오후 3시에 수영장 입장권을 끊어놨으니 그때까지 졸려도 잠을 자지 말라고 할 수도 없다.

아이가 몇 시쯤 먹고 자는지 대략적인 패턴은 있지만, 이 패턴이 예약시간을 정확하게 맞출 만큼 정교하지는 않다. 결국 노쇼(No-show)로 수수료를 날리거나, 아예 입장권 자체를 버리게 되거나, 최소한 어글리 코리안이 될 확률이 높다.

또 예약을 해놓으면 꼭 행동해야 한다는 압박감에 아이 컨디션을 고려하지 않은 채 강행군을 하는 경우도 생기게 된다. 이를 피하기 위해 기본적인 숙소, 렌터카 등을 제외하고는 예약 없는 여행을 했다.

미식 여행도 포기해야 했다. 물론 처음엔 포기가 안 됐다. 그래서 졸린 아이를 데리고 식당에 무리해서 가거나, 유모차를 끌고 구글 지도를 이리저리 돌려가며 헤맨 끝에 식당에 도착했다. 그러고서도 아이가 울까 봐, 혹은 잠들었을 때는 깰까 봐 10분 만에 군인이 짬밥 해치우듯 밥을 마셨다. 몇 번 해본 끝에 맛집 가는 것은 포기해야겠단 결론을 내렸다.

아이와 여행할 때 제일 맛있는 식당은 아이가 기분이 좋고 배가 고플 때, 우리의 동선과 가장 가까운 곳에 있는 식당이다. 평소 혼자 여행 다닐 땐 호텔 조식은 거들떠도 안 봤다. '현지 맛집이 얼마나 많은데 호텔 조식으로 때울 순 없다'고 생각했다.

아이와 여행 다녀보니 호텔 조식이 제일 효자였다. 야경 좋은 식당은 언감생심이다. 우리 아이는 저녁 7~8시면 잠에 들었다. 독일을 떠나기 마지막 주에야, 처음으로 가족이 다 같이 저녁 외식을 했을 정도다. 여행 왔다고, 어른처럼 아이의 일상을 깨뜨릴 순 없는 노릇이다. 어른이야 여행 왔으니 조금 늦게 자기도 하고, 예외를 두기도 하지만 아이는 그게 불가능했다.

그러다 보면 저녁엔 주로 아이를 재우고 남편과 룸서비스를 시켜 먹거나 배달음식을 시켜 한편에서 조용히 먹는 게 대부분이었다.

세 번째 여행을 떠날 때쯤 "더 이상 맛집은 안 찾아가겠다."라고 했다. 남편이 "네가 그 말을 해 주길 정말 기다렸다."라고 했다.

제일 마지막에 포기한 것이 쇼핑이다. 유럽에서 얼마나 쇼핑할 것이 많은가. 아무리 같은 유럽(베를린)에 살고 있어도 프랑스 옷 매장은 독일에 없는 디자인이 있어서 좋고, 폴란드 화장품 가게는 독일보다도 훨씬 저렴해서 좋고, 스페인 식재료 매장은 독일과 다른 향신료가 있어 좋다.

처음 몇 번은 남편이 바깥에서 아이와 시간을 보내며 나의 쇼핑을 기다려줬다. 그러나 매장 안까지 아이 칭얼거리는 소리가 들리는 것 같고, 남편이 낯선 곳에서 아이와 시간을 보내느라 곤란을 겪고 있는 것 같고, 그런 상황에서 물건을 봐도 도무지 이걸 사야 할지 저걸 사야 할지 빨리 판단이 되지가 않았다.

맛집보다는 조금 더 뒤에, 한 다섯 번째쯤 여

행을 떠날 때쯤 "쇼핑도 안 하겠다."라고 했다. 남편이 "정말 정말 잘한 생각."이라고 했다. 가끔 정말 쇼핑이 하고 싶을 땐 5분이 지나면 물건이 갑자기 사라져버리는 서바이벌 프로그램에 나왔다고 생각하며, 최대한 빨리 첫눈에 본 것을 집어 바로 샀다.

그럼에도 여행을 간 이유는 좋았기 때문이다. 여행지에서 우리는 관광장소 말고, 아이가 멈춰서는 곳에 함께 오래 멈춰 섰다.

스위스 루체른에서 아이는 루체른의 대표적인 관광장소라고 할 수 있는 '빈사의 사자상'을 보더니 빽빽 울기 시작했다. 대신 자기와 비슷한 나이의 현지 아이들이 많이 나와 노는 공원에서 오래도록 뛰어놀았다. 빈사의 사자상보다 그 공원에서 우리 부부는 루체른의 진짜 모습을 더 많이 볼 수 있었다.

사실 그동안은 가야 하는 관광지, 맛집을 다 정해놨는데 그게 틀어졌을 때 스트레스를 받거나, 그것 때문에 여행 간 사람들과 오히려 사이가 나빠지는 경우가 있었다. 체코에서 공부하던 동생을 1년 만에 만났는데, 1시간도 안 돼 쌀국

수 집을 문 닫기 전에 못 찾는다고 프라하 도심 한복판에서 자매가 소리를 지르고 싸운 일도 있었다.

비싼 돈을 들여 여행지에 왔는데 하나라도 더 보고, 더 먹고 가고 싶은데 그게 되지 않으니 속상했던 것이다. 그런데 뭔가를 해야 한다는 게 없으니, 굉장히 자유롭고 서로 간에 다툼의 여지도 없다. "다음 장소에 가야 하는데 왜 쇼핑을 오래 하느냐" "이 길이 맞느냐 저 길이 맞느냐" 등등의 말이 나올 필요도 없다.

서울에서 십여 년을 살아도 아직 서울을 다 모른다. 며칠 안에 새로운 도시를 정복한다는 건 애초부터 불가능한 목표였다.

불가능한 목표를 세워놓고, 그 목표에 맞춰 여행을 하느라 오히려 일상보다 나를 더 압박해왔던 것이다.

어디를 가야 한다는 압박이 없고, 예약해놓은 곳도 없으니 오히려 진짜 여행이 시작됐다. 관광지 안 가도, 맛집 안 가도, 쇼핑 안 해도! 그러다 우연히 들어간 간판도 못 읽겠는 가게가 엄청난 맛집일 때, 발길대로 따라온 장소가 너무나 멋

진 곳일 때, 새로운 희열을 느낀다. 어찌 보면 그
게 여행인 것이다.

끝을 안다는 것

우리의 베를린 생활은 끝이 정해진 일이었다. 남편의 특파원 기간이 끝나면 우리 가족은 한국으로 돌아가야 한다. 그래서 애초 집 계약도 1년으로 했고, 돌아가는 비행기 표도 왕복으로 끊어 왔다. 계절을 한 번 보내고 나면 두 번은 만나지 않을 것이기에, 그때마다 짐을 정리해서 미리 한국으로 보내 놓았다. 물론 우리는 이곳에서 밥솥으로 밥도 해 먹고, 매일 빨래도 하고, 체류비자를 받아 은행에서 계좌도 열었다. 남편은 이곳에서 일도 한다. 돌아갈 비행기 표를 가지고 살지만, 단기 여행은 아닌 삶이다.

한번은 우리보다 먼저 독일에 정착해서 사는 젊은 부부를 만났다. "주말에 마우어 파크(베를린의 큰 공원)에 다녀왔다."라고 하니, 아직 가보지 못했다며 어떠냐고 묻는다. 마우어 파크는 대단한 관광지는 아니지만, 일요일이면 큰 장이 서고 거리 공연도 자주 한다. 일요일에는 마우어 파크를 제외하고는 딱히 문을 여는 상점도 없는데다, 아이가 공원의 넓은 잔디를 좋아하기에, 주말에 자주 가곤 했다.(물론 주변에 주차를 하는 게 엄청난 미션이다.)

어느 날엔 독일에서 살고 있는 또 다른 한국인 가정에서 이런 얘기를 해왔다.

"하람이네는 진짜 열심히 다니는 것 같아요. 우린 매번 간다고 계획만 하고 못하고 있어요."

이 말을 듣고 적잖이 놀랐다. 그 말은 한국에 있을 때 내가 자주 하던 말이었기 때문이다.

한국에서 우리는 매일 일에 쫓겨 아이와 하루를 살아내기 바빴다. 주말에 나들이를 갈 때는, 목요일엔 거창한 계획을 세웠다가도 결국 근처 복합 쇼핑몰이나 백화점으로 가기 일쑤였다. 차 막히는 것, 주말에 사람들로 붐비는 것에 먼저 겁먹어 아이와 근교 여행은 거의 못했다. 서울에 좋은 곳이 없어서, 서울에선 너무 바빠서라고 변명하기엔 비겁하다. 서울에도 아이와 갈 만한 좋은 곳이 많고, 시간을 내려면 충분히 낼 수 있었다. 그럼에도 매번 "그럼 다음 번에 가자." "다음에 하자."가 우리의 단골 멘트였다.

베를린에서 우리 가족은 매일 하루에 한 번 이상 근처 공원이나 놀이터 등으로 나갔다. 장은 이틀에 한 번 정도 근처 마트에서 함께 보고, 토요일에는 집 근처에 서는 시장을 이용했다. 일주일에 한 번 이상 베를린 어린이 박물관이나 과학박물관 등 아이가 좋아할 만한 곳을 찾았다. 한 달에 한 번 이상은 주말에 근교 도시나 나라로 여행을 갔다.

우리에게 질문을 했던 두 가정은 공통점이 있다. 우리와 똑같이 한국에서 독일로 온 가정이지만, 이들은 독일에서 아이를 낳고 취업도 한, 독일에 반영구적으로 정착해 사는 가정이다. 누구든 인생을 장담할 순 없지만, 저들은 큰 변화가 없는 한 베를린에서 계속 살아갈 것이다.

우리는 지금 베를린에서 살고 있어도 1년 뒤 이곳을 떠날 것을 아는 사람들이다. 똑같이 외국 생활을 하더라도 이 도시에 영원히 살 거라고 생각하는 쪽과 아닌 쪽의 삶의 방식이 달라지는 것이다.

베를린의 크로이츠베르크 한 가게 앞에서 그릇을 구경하고 있었다. 남편이 "살래?" 하고 물어보기에, "다음에 사지 뭐."라고 답했다. 남편이 말했다. "다음엔 여기 다시 못 올 수도 있어."

베를린에서는 매순간 오늘 만남이 마지막이 될 수도 있다는 생각으로 살았던 것 같다. 실제로 여행을 다닐 때 보면 이 장소가 좋아서 '아, 한 번 더 들러야지' 했지만, 결국 못 들르고 마는 경우가 많다. 우리의 베를린 삶도 그러리라는 것을 알았던 것 같다.

남편은 베를린에서 내가 하고 싶은 것이 있다고 하면 대부분 실행하는 쪽에 힘을 실어줬다. 거리나 시간, 경제적 비용, 아이의 컨디션 등을 생각해 고민할 때면 아이의 컨디션 문제를 제외하고는 대부분 해보라고 했다. 특히 경제적인 문제 앞에서는 “이 시간은 돈으로 살 수 없다.”라며 나보다 더 과감하게 결정을 내렸다. 어디서든 입장료를 아끼지 않았고, 새로운 것을 경험하는 데 투자하는 비용을 주저하지 않았다. 네덜란드 암스테르담 여행도 남편의 권유로 나 홀로 떠나게 됐다.

지나고 보면 많이 다닌 것은 후회하지 않는다. 오히려 가지 못한 것, 피곤하다고 포기한 것, 당장 생활비가 부족하다고 못 갔던 것이 두고두고 후회가 된다.

생각해보면 끝이 있는 건 베를린 생활만은 아니다. 모든 삶에는 끝이 있다. 내가 서울에서 10년 살 것이라고 누구도 장담할 수 없다. 특히 아이 키우는 일이 그렇다. 하루가 다르게 커가는 아이와의 시간에는 분명히 끝이 있다. 언젠가는 지금의 우리가 그렇듯 아이가 더 바빠져서, 혼자 하고 싶은 일이 더 많아져서, 부모와의 시간은 점점 더 적어질 것이다.

다만 그 끝을 자각하면서 사느냐, 아니냐의 차이가 있다.

에필로그

2018년 여름, 우리 가족은 베를린에서 서울로 귀국했다. 그해 서울의 여름은 독일에서 보낸 여름과는 비교가 되지 않게 더웠다. 온종일 에어컨을 틀어놓고 지내다 보니 독일에서 1년 내내 없었던 비염이 다시 찾아왔다. 비염은 내 고질병이었는데, 이상하게 베를린에서 보낸 1년간은 비염이 찾아오지 않았다.

그렇게 잘 자던 우리 아이는 시차 적응에 실패해 밤잠이 바뀐 신생아처럼 굴었다. 자정은 물론이거니와 새벽 2시가 되도 눈이 말똥말똥했다. 게다가 매일 베를린 운동장에서 2시간씩 뛰던 체력이 남아 있어 그 새벽에도 아파트에서 뛰겠다고 난리였다. 아무리 자장가를 틀어줘도, 미지근한 물로 목욕을 시켜도 아이는 에너자이저처럼 쌩쌩했다. 아이와 씨름을 하다 새벽 4시쯤 온 식구가 겨우 잠이 들었다.

남편은 다음 날 오전 7시면 일어나 출근을 해야 했다. 나는 육아휴직 기간이 아직 조금 남아 있었다. 남편은 회사에서 일하고, 나는 집에서 아이를 돌봤다. 본격적인 독박육아가 시작된 것이다. 몸이 힘든 것보다는 외로움이 더 컸다. 베를린에서는 투닥거리면서도 남편과 나, 둘이였기에 힘든 줄을 몰랐다.

한국에서는 주변에 아는 또래 엄마 한 명이 없었다. 개인적으로는 결혼을 일찍 한 편이기도 했고, 한국에서 육아 인프라를 전혀 구축하지 못하고 바로 베를린으로 갔었기에 더욱 그랬던 것 같다. 어린이집은커녕 한국에선 아기면 누구나 다 간다는 문화센터 한번 다녀본 적 없었다. 어린이집 대기에 그렇게 오랜 시간이 걸리는 것도 그제야 알았다.

여느 한국 엄마들이 그렇듯 아이 끼니를 챙기

고, 씻기고, 재우다 보면 하루가 다 지나갔다. 혼자 유모차를 끌고 외출했다가 진이 빠져 돌아오는 날도 있었다. 가게 입구에서 낑낑거리며 유모차를 밀고 있어도, 아무도 같이 들어주지 않는 것을 볼 때 '아 내가 한국에 왔구나.' 하는 생각을 했다.

혼자서 말 못하는 아이와 하루 종일 씨름하다 보니 누구든 말할 줄 아는 사람과 대화하고 싶다는 욕구가 간절했다. 남편이 몇 시간 자고 회사에 갔는지 알면서도, '그래도 남편은 직장 동료들과 얘기도 나누고, 맛있는 점심도 먹고, 식후엔 커피도 마실 수 있잖아!'라는 못된 질투심이 생기기도 했다.

물론 그것은 사탄이 주는 잘못된 생각이란 것을 안다. 그 무렵 남편의 육체 피로도는 상당했다. 우리 아이는 '엄마'보다 '아빠'를 먼저 하고, 아프면 하루 종일 아빠에게만 안겨 있겠다고 하는 아빠 껌딱지다. 매일 출근해야 하는 남편이 아이를 먼저 재우려고 해도, 아이는 아빠한테만 매달렸다. 남편은 새벽 2시에 산책하고 싶다는 아이를 유모차에 태워 지하주차장을 몇 바퀴씩 돌았다.

신생아 때도 안 해 본 일을 지금 하다니. 정말 웃기면서도 슬펐다.

몸이 지치다 보니 남편과 서로 의미 있는 대화를 나누는 시간은 점점 줄어들었다. '서울에서는 왜 그렇게 바쁘게 살았는지 모르겠어.'라며 서울로 돌아가면 여기도 가보고, 저기도 가보자고 했던 베를린의 약속들만 공수표로 남았다.

말은 하지 못하지만 사실 아이도 이상했을 것이다. 왜 갑자기 이런 곳에 와서, 어제와 다른 삶을 살아야 하는지. 주스를 달라고 하는데 왜 자꾸 엄마는 다른 걸 주는지. 말도 못하는 나이에 답답한 게 한두 가지가 아니었을 것이다.

독일에서 가져온 아이 분유와 음료수, 과자, 간식 등은 2주가 안 돼 동났다. 같은 제품을 찾으려고 보니, 세 배가 넘는 가격에 수입이 돼 있었다. 모르고 먹였으면 모르겠지만, 독일의 소비자 가격을 아는데 그 가격에는 차마 살 수가 없었다. 아이가 '주스'를 달라고 할 때, 독일에서 산 비슷한 가격의 한국 주스를 줬더니 아이는 "아니, 아니" 하면서 운다.

한번은 아이와 편의점을 갔는데, 아이가 어

떤 과자를 보고 맹렬하게 달려들었다. 한국에서 과자를 아직 사 먹여 본 적이 없는데…. 얼른 따라가서 보니 평소 독일에서 아이가 잘 먹던 브레첼(Brezel)빵 모양의 과자였다. 브레첼 그림을 보고 그 안에 브레첼 빵이 들어 있다고 생각한 모양이다.

어쩌면 아이는 우리가 독일을 그리워하는 것보다 더 독일이 그리울지 모른다. 태어나 살았던 기간으로 따지자면 아이는 서울에서보다 독일에서 더 오래 산 셈이니 말이다.

아이는 장식장 한편으로 옮겨 놓은 모래놀이 도구를 꺼내 매일 만지작거렸다. 이제 서울의 웬만한 놀이터에는 더 이상 모래가 남아 있지 않았다. 베를린에선 현관 앞에 놓아두었던 모래놀이 도구를 서울에선 장식장에 올려두었다. 그걸 낑낑거리며 꺼낸 아이는 가지고 놀다 현관 앞에 가져다 놓곤 했다.

어느 주말, 온라인 검색 끝에 '유아 숲 체험장'이란 곳을 찾았다. 거기에는 모래가 있다는 것이다. 공원을 한참 돌아 체험장에 도착했다. 사람이 아무도 없는 그곳에 정말 모래사장이 있었다. 활짝 웃으며 달려간 아이는 익숙한 듯 자기 모래놀이 도구를 가지고 한참을 놀았다.

그날 저녁, 자려고 침대에 누워 있는데 눈물이 났다. 독일에 너무 돌아가고 싶은 것이다. 딱 향수병 증상이었다. 내가 생각해도 스스로가 황당했다. 아니 서울에서 30년을 살다가 겨우 독일에 1년 다녀왔는데, 그 1년을 고향이라고 그립다며 우는 것이다. 서울 입장에선 정말 이렇게 배은망덕한 애가 있나 싶을 것이다. 서울에서 독일로 갔을 때도 서울이 보고 싶다고 울지 않았는데, 지금 이렇게 우는 모습이라니. 심지어 독일어도 잘 못하면서….

독일에서의 시간은 눈물이 날 만큼 그립고 좋은 날들이었다. 그 시간에 감사한 마음을 품고 나는 이제 다시 일상으로 돌아간다.

남정미

만 8년 차 기자이자, 만 3년 차 엄마다. 신문에 글을 쓰는 일을 하고 있다. 읽고 쓰는 것을 좋아한다. 매일 전단지라도 읽고 아이 어린이집 알림장이라도 쓴다. 같은 일을 하는 남편과 결혼해 아이가 태어난 지 7개월 되던 무렵 독일 베를린으로 함께 떠났다. 남편은 그곳에서 단기 특파원으로 나는 엄마로 1년을 지냈다. 평소 버릇대로 쓴 일기와 기록들이 베를린 육아기로 나오게 됐다. 평생 읽고 쓰는 사람이었으면 한다.

:: 산지니 · 해피북미디어가 펴낸 큰글씨책 ::

문학

보약과 상약 김소희 지음
우리들은 없어지지 않았어 이병철 산문집
닥터 아나키스트 정영인 지음
팔팔 끓고 나서 4분간 정우련 소설집
실금 하나 정정화 소설집
시로부터 최영철 산문집
베를린 육아 1년 남정미 지음
유방암이지만 비키니는 입고 싶어 미스킴라일락 지음
내가 선택한 일터, 싱가포르에서 임효진 지음
내일을 생각하는 오늘의 식탁 전혜연 지음
이렇게 웃고 살아도 되나 조혜원 지음
랑(전2권) 김문주 장편소설
데린쿠유(전2권) 안지숙 장편소설
볼리비아 우표(전2권) 강이라 소설집
마니석, 고요한 울림(전2권) 페마체덴 지음 | 김미헌 옮김
방마다 문이 열리고 최시은 소설집
해상화열전(전6권) 한방경 지음 | 김영옥 옮김
유산(전2권) 박정선 장편소설
신불산(전2권) 안재성 지음
나의 아버지 박판수(전2권) 안재성 지음
나는 장성택입니다(전2권) 정광모 소설집
우리들, 킴(전2권) 황은덕 소설집
거기서, 도란도란(전2권) 이상섭 팩션집
폭식광대 권리 소설집
생각하는 사람들(전2권) 정영선 장편소설
삼겹살(전2권) 정형남 장편소설
1980(전2권) 노재열 장편소설
물의 시간(전2권) 정영선 장편소설
나는 나(전2권) 가네코 후미코 옥중수기
토스쿠(전2권) 정광모 장편소설
가을의 유머 박정선 장편소설
붉은 등, 닫힌 문, 출구 없음(전2권) 김비 장편소설
편지 정태규 창작집
진경산수 정형남 소설집
노루똥 정형남 소설집
유마도(전2권) 강남주 장편소설
레드 아일랜드(전2권) 김유철 장편소설
화염의 탑(전2권) 후루카와 가오루 지음 | 조정민 옮김
감꽃 떨어질 때(전2권) 정형남 장편소설
칼춤(전2권) 김춘복 장편소설
목화-소설 문익점(전2권) 표성흠 장편소설
번개와 천둥(전2권) 이규정 장편소설
밤의 눈(전2권) 조갑상 장편소설
사할린(전5권) 이규정 현장취재 장편소설
테하차피의 달 조갑상 소설집
무위능력 김종목 시조집
금정산을 보냈다 최영철 시집

인문

엔딩 노트 이기숙 지음
시칠리아 풍경 아서 스탠리 리그스 지음 | 김희정 옮김
고종, 근대 지식을 읽다 윤지양 지음
골목상인 분투기 이정식 지음
다시 시월 1979 10 · 16부마항쟁연구소 엮음
중국 내셔널리즘 오노데라 시로 지음 | 김하림 옮김
파리의 독립운동가 서영해 정상천 지음
삼국유사, 바다를 만나다 정천구 지음
대한민국 명찰답사 33 한정갑 지음
효 사상과 불교 도웅스님 지음
지역에서 행복하게 출판하기 강수걸 외 지음
재미있는 사찰이야기 한정갑 지음
귀농, 참 좋다 장병윤 지음
당당한 안녕-죽음을 배우다 이기숙 지음
모녀5세대 이기숙 지음
한 권으로 읽는 중국문화 공봉진 · 이강인 · 조윤경 지음
차의 책 The Book of Tea
오카쿠라 텐신 지음 | 정천구 옮김
불교(佛敎)와 마음 황정원 지음
논어, 그 일상의 정치(전5권) 정천구 지음
중용, 어울림의 길(전3권) 정천구 지음
맹자, 시대를 찌르다(전5권) 정천구 지음
한비자, 난세의 통치학(전5권) 정천구 지음
대학, 정치를 배우다(전4권) 정천구 지음